光文社文庫

文庫書下ろし

千《せん》手《じゅ》學園少年探偵團

金子ユミ

光　文　社

この作品は光文社文庫のために書下ろされました。

目次

登場人物

永人《ながと》　現大蔵大臣・檜垣一郎太《ひがきいちろうた》の妾の子。三味線弾きの母・千佳《ちか》と共に浅草界隈で暮らしていたが、突然「私立　千手學園」に編入させられることに。

慧《けい》　東京府内随一の大病院・来碕《きさき》病院の息子で、昊《こう》の双子の兄。病弱で人当たりがよく、生徒からの人気も高い。

昊　東京府内随一の大病院・来碕病院の息子で、慧の双子の弟。運動神経がよく、学業成績も優秀。

乃《の》[redacted]　住み込みで働く用務員一家・多野《たの》家の一人息子。

東堂広哉《とうどうひろや》　千手學園の最上級生で、生徒会長。現陸軍大臣・広之進《ひろのしん》の息子。

檜垣蒼太郎《そうたろう》　一郎太の嫡男で、永人の義兄。千手學園から謎の失踪を遂げる。

第一話「生霊少年」

東京府《とうきょうふ》、神田区《かんだく》。寺社や学舎が並び、大小の鉄道が走るこの街の一角には、広大な緑を有する〝独立国家〟があった。

『私立　千手學園《せんじゅがくえん》』

資産家であり、侯爵位を持つ千手源衛《せんじゅげんえ》が明治期に創立した中等学校である。理事長始め教職員にも千手一族が多い。また、学園には華族のみならず、政治家や軍人、企業家など、特権階級の子息が集まっていた。

檜垣永人《ひがきながと》が一歩踏み込んだ『千手學園』は、街中に出現したまさに〝国家〟だった。春の彩りはとっくに消え去ったのか、正門の門柱付近に立つ桜は葉桜の瑞々しい緑色をそよがせている。

「坊ちゃま」

背後で声が上がる。見ると、永人をここまで送った男が敷地と往来の境に立っていた。どうやら、この異境に踏み込んでしまったのは自分一人だけらしい。

「荷物はすべてお部屋に運んであります。どうぞお元気でお過ごしください」

そう言うと男は深々と頭を下げた。茂木《もぎ》と名乗ったこの男、檜垣伯爵家の家令だという。

一見、丁寧な物腰だが、自分を侮っている色が表情のあちらこちらから滲み出ていた。

永人の父、檜垣一郎太《いちろうた》は現内閣の大蔵大臣を務めている。元老、山形有朋《やまがたありとも》を始めとした軍閥政治の中心人物……らしい。

ふん。永人は鼻で笑った。

子供だと思ってバカにするなよ。あんたが俺をどう思っているかなんてお見通しだ。妾《めかけ》の子だと。卑しい別腹の子だと思っていやがる。

無言で茂木に背を向けた。前方に見える建物の正面入り口を目指して歩き出す。迎えの者がいるはずと聞かされていたが、目に付くところに人影はない。

一人、異境の独立国家に置き去りにされた永人は、改めて学園の敷地を見回してみた。森をまるまる切り開いたのか、東京とは思えない広さがあり、そして緑が深い。

見るものを威圧せんと構える学園校舎を見上げた。昨今竣工した東京中央停車場（東京駅）と同じく、有名外国建築家の弟子筋に当たる人物が設計したという。その奇抜な外観に、永人はすっかり度肝を抜かれた。

石材と煉瓦造りではあるから、これも西洋様式なのか？

大玄関のある建物正面には大きいステンドグラスがはめ込まれていた。鮮やかな色ガラスが組み合わされ、幾何学模様を描いている。建物は二階建てなのだが、ステンドグラスは屋根付近の壁まで覆っていた。この意匠が奇抜で、屋根はごく素朴な切妻造であることにも気付けない。

「なんだこりゃ。七色に光る校舎かよ。タマムシか？」

内側から輝いて見える校舎から目をそらした永人は、左手に視線を移した。

ん？　その目が、また別の建物に釘づけになってしまう。

木立の中に、これまた不思議な建物がにょっきりと建っていた。壁はゆるやかな弧を描いており、どうやら円柱の形をしている。永人はとっさに浅草凌雲閣《りょううんかく》を思い浮かべた。もっとも、あちらは八角形、頂上にはとんがり頭の屋根がある。一方、木立の間に見える建物は、言わば巨大な茶筒だ。

なんだここは……この学園はどうなってんだ。

思わず、丸い建物のほうへふらりと踏み出した。が、その足がすぐに止まる。木立の陰から、一つの人影が現れたのだ。

柔らかな陽光を浴びたその人物は、学園の制服を着た少年だった。学帽もきっちりかぶった容姿は自分と同世代に見える。木々の間を抜ける五月の風を追い、少年の瞳が上がる。その目と永人の目が合った。

束の間、見つめ合う形で二人は立ち尽くした。色白のせいか、少年の頬の色はやけに赤かった。自分をじっと見る黒い目が、好奇心に輝いているのが分かる。

「今日から来る新入生？」

少年が口を開いた。まだ男女の別がない高い声音だ。思わず永人は頷いた。

「ああ」

「そうか。檜垣君、だよね」

もう名前まで知られているのか。うんざりした永人は、ついぶっきらぼうに訊いてしまう。

「何してんだ。こんなところで」

「探偵」

少年の思いがけない返答に、「は？」と声を上げた。

「探偵？」

「そう。この学園にはたくさんの〝呪いの噂〟があるんだ。その謎を突き止めようと思って」

冗談とも本気とも取れない言葉だった。首を傾げた永人は、ふと目を凝らした。

目の前にいる少年に、どことなく違和感を覚えたのだ。が、それがなんなのか具体的に見えてこない。

ん？　なんだ？　一体、彼のどこに俺は引っかかったんだ？

ふふ、と少年が笑った。

「ねえ君。〝さかさま〟に気を付けて」

「えっ?」

さかさま?

とたんにきびすを返し、少年がもと来た木立の中へ駆け戻ってしまう。「あっ」、後を追おうとした時だ。

「檜垣永人さん」

呼びかけられた。振り返ると、大玄関前の石段に男が立っていた。

「遅れて申し訳ありません。当学園の用務員をしております多野《たの》柳一《りゅういち》と申します。学園長の部屋までご案内いたします」

ぺこりと頭を下げた男は、永人の母と同じくらいの歳に見えた。三十代半ばで、質素な絣《かすり》の作務衣《さむえ》姿。痩せぎすで少し陰気だが、声音には実直さがあふれていた。

彼の後について、両開きの玄関扉から校舎内に入る。すると、学園の敷地に踏み込んだ時より、さらに濃厚な越境の感覚が永人を襲った。

天井まで吹抜けになっている玄関室は広く、木の床、漆喰《しっくい》の壁、高い天井のそこかしこが色ガラスを通した光に染め上げられていた。その色彩に紛れ、何十人とひしめく少年たちのささやき声が降ってくる気がする。玄関室の真正面もガラス張りになっており、校舎に挟まれた中庭、向こうに広がる運動場、そして敷地の緑が見渡せる。永人はごくりと唾を呑んだ。

すげえ。別世界だ。

ステンドグラスの横手の壁には、学園創始者であり、現理事長でもある千手源衛の半身像と、敷地内を上から見た大きい平面図が額に入れて掲げられていた。

図によると、千手學園の校舎は二階建て、凹の形をしていた。左右の辺に当たる部分に教室があるようだ。しかも校舎には地下まである。玄関室の真ん中に、地下に下りる階段がぽかりと口を開けていた。

隅に置かれた下足箱で持たされた室内履きと靴を履き替えた。が、洋靴を履き慣れていない永人はひどく手間取ってしまう。靴ひもをほどき、新品の革をゆるめるだけでひと苦労だ。履き慣れていた下駄の感触を思い出し、ひそかにため息をついた。

足の先から、監獄に入っちまった気分だ。

そんな永人に、多野が生徒専用の昇降口は寄宿舎に近い左棟の角にあると教えてくれた。ということは、あの丸い茶筒みたいな建物は寄宿舎なのかもしれない。

玄関室から右手の廊下を進み、右棟に入った。教室が階上にあるせいか、廊下は静かだった。天井は高く、そして廊下は長い。柱や窓枠、途中にある階段の手すりなどは丸みを帯びた独特の意匠で、それがこの学舎をどことなく親しみのあるものにしていた。

廊下の左手には木の引き戸に挟まれた漆喰の壁が続いていた。平面図は職員室を示していたはずだ。右手に並ぶ窓からは校舎を囲む緑が見えている。

広いな。改めて感心してしまう。

百人にも満たない生徒たちのために用意された場所。あまりに独特、特別な雰囲気に、さすがの永人も気後れする。それでも、速足の多野を追って廊下を歩きながら、あれ、と眉をひそめた。

今はまだ授業中だろう。さっきの変なヤツ、なぜ一人で外にいたんだ?

廊下の中ほどにある部屋の前で多野が立ち止まった。重厚な色合いの木の扉を叩く。

「学園長。檜垣永人さんをお連れしました」

「入ってもらいなさい」

野太い声が上がった。新品の学帽を脱いだ永人は、扉を押し開けた多野に促されて中に入った。洋風の調度に囲まれた部屋の真ん中に、太鼓腹を背広に押し込めた男が立っていた。丸い銀縁眼鏡越しに永人をじっと見つめる。

「檜垣、永人君」

強く太い声音は、見世前《みせ》で客の呼び込みをさせてもよく通りそうだ。差し出された厚い手を握り返した。習慣で、何か掏《す》られはしないかと身構えてしまう。

「学園長の千手源蔵《げんぞう》だ。ようこそ千手學園へ」

千手源衛の長男、源蔵。源衛が高齢ながら健在なため、まだ襲爵していないはずだ。

「檜垣先生も安心だね。君のように立派なご子息がいたとは」

いやに親しげな声音で語りかけてくる。けれど永人を見下ろすその目つきには、彼の考えていることがありありと浮かんでいた。

しがない三味線弾きの子であり、特権階級の子息ばかりが集う学園に押し付けられた厄介者だと。

ふん。永人はことさら大きく笑み、古狸の手を強く握り返してやった。

千手学園長が、はあ、と深刻げにため息をつく。

「蒼太郎《そうたろう》君のことは我々も驚いている。果たして、彼の身に何があったのか」

「……」

「君は義兄《あに》である檜垣蒼太郎君とは親しかったのかな？」

首を振った。顔すら見たことがない。檜垣蒼太郎は檜垣家の長男で、一郎太の本妻の子供である。

今春、最上級の五年生になるはずだった彼が行方不明になったのは、正月休みも明けたばかりの一月だったという。いまだに生死も不明だ。しかも檜垣家には蒼太郎のほかには男子がいなかった。そこで思い出したのが、かつて一郎太の妾であった御空千佳《みそらちか》の息子、御空永人だった。

「地方《じかた》」と呼ばれる三味線弾きとして、幼い頃から座敷に上がっていた千佳が一郎太に見初められたのは、彼女が十九の歳だった。以来、向島《むこうじま》に住居をあてがわれて囲われることになる。程なく生まれた子供が男児ということもあってか、当初は暮らすに困らない手当をもらっていた。

けれど永人が七歳か八歳になる時分から、一郎太の訪《おとな》いは絶えていた。母は口に出さなかったが、ひそかに手を切られていたのだ。相応の金も支払われたようだが、二、三年もすれば生活費に消える。

以来、二人は千佳の稼ぎのみで生計を立てていた。一郎太には複数の妾がおり、そのうちの一人が新たに男児を産んだのだと永人に教えてくれたのは、近所の口さがない女房連中だった。母は飽きられて捨てられたのだと。

とはいえ、もともと数えるほどしか顔を合わせなかった男だ。父と意識したことなどない。それよりも、永人は母を助けるために浅草の見世や興行小屋界隈にますます入り浸《びた》るようになった。使い走りのようなことをして小銭を稼ぐためだ。

確かに裕福ではない。けれど一郎太の手当に頼っていた頃より、母の千佳はずっと明るくなった。永人は浅草で毎日を楽しく過ごしていた。

幸せだった。

ところが、檜垣家の長男、蒼太郎の失踪によって事態は何もかも変わった。

　ひと月前、数人の側近を従えた一郎太が突然家に踏み込んできた。そしておろおろする千佳に、永人を檜垣家に入籍させると一方的に宣言したのだ。なぜ、自分が？　寝耳に水とはこのことだ。驚いた千佳はもとより、永人も必死に抵抗した。

しかし、一郎太は永人を引き渡さなければ住んでいる家を取り上げる、挙句は千佳が三味線を弾いている贔屓《ひいき》先をすべて奪うと匂わせてきた。檜垣家が恫喝《どうかつ》交じりに裏から手を回せば、千佳を使う座敷などなくなるに決まっている。

　それは生きる場所を失うことを意味した。寝て起きる家だけではない。座敷や客に望まれ、三味線を奏することを生きがいとしている千佳の息の根を止めるに等しい。

泣く泣く、母の生活を今後一切脅かさないこと、定期的に彼女と面会することを条件に、永人は檜垣家に入ることを決めた。が、檜垣の家に行くと同時に放り込まれたのが、ここ『千手學園』だった。

　敵だ。

　改めて、永人の中に拭いがたい怒りが湧き上がる。

横暴で傲慢なやつら。こいつらも檜垣一郎太の側の人間なのだ。教師も。生徒も。

　学園長が大声を響かせた。

「では生徒会長の東堂《とうどう》君、副会長の黒ノ井《くろのい》君に挨拶したまえ。二人とも最上級生の五年生だからね。この学園に慣れるためにも、彼らから色々と話を聞くといい。生徒会室に二人を待たせてある」

彼が壁を指す。どうやら生徒会室はすぐ隣にあるようだ。

執拗にまとわり付く視線を感じながらも部屋を出た。多野柳一の姿はとっくになかった。

学園長室よりひと回り小さい隣室の前に立ち、扉をノックする。

「すみません……えっと、俺は」

「入りたまえ」

扉越しに、涼やかな一声が聞こえてきた。おそるおそる扉を押し開き、中を覗いた永人は目を瞠《みは》った。

〝白と黒〟。


対になった白と黒。永人がまず感じたのはそんな印象だった。全体的に色素が薄く、目や髪の色が茶色がかった少年と、漆黒の瞳と伸びた濡れ羽色の前髪が溶け合ってしまいそうな少年だ。

生徒会室は広々とした学園長室に比べ、ずい分と手狭だった。真ん中に長机が縦に置かれてあり、左右にそれぞれ二つずつ椅子が並んでいる。白い少年は右手手前の椅子に座り、黒い少年は机に寄りかかった姿勢で永人を迎えた。

最上級生である二人はやけに大人びて見えた。整った秀麗な顔立ち、背の高さだけがそう見せたのではない、少年という殻の中から、青年の片鱗を見せるひな鳥が顔を覗かせている感じがあった。

とはいえ、学園長よりあからさまな好奇心に顔を輝かせ、白い少年が立ち上がった。

「ようこそ千手學園へ。生徒会長の東堂広哉《ひろや》だ。君を歓迎する。学園生活が有意義なものになるよう、僕たちも力を尽くすよ」

差し出された手を怖々握る。大人びてはいるが、彼の手は今にも折れてしまいそうに華奢《きやしや》だった。

続いて黒い少年が同じく永人と握手を交わす。

「副会長の黒ノ井影人《かげひと》だ」

黒ノ井。覚えのある名前に永人が眉をひそめると、相手はにやりと笑った。

「昨今、巷《ちまた》で大流行の黒ノ井節……あれは俺の家のことだよ」

先の日清戦争以来、造船業や鉄鋼業は目覚ましい発展を遂げている。数年前に勃発した世界大戦はこれら産業の勢いに拍車をかけ、黒ノ井製鉄はこの好景気の頂点に君臨している企業だった。

いつしか、世間の人々はこんな歌を口ずさむようになっていた。

くろのいの鉄は激甚の鉄　幾万の敵も蹴散らさん
くろのいの鉄は烈々の鉄　船で波斬れ　弾で敵突け

黒ノ井が顎で東堂を示した。

「とはいえ、黒ノ井の鉄で作った船や大砲も、広哉のお父上らがいなければ巨大な鉄屑に過ぎない」

「東堂……あれ。確か軍人のお偉いさんの公爵に……え、まさか」

「もしや東堂広之進《ひろのしん》のことかな。僕の父だね」

あっさりと言ってのけた少年の言葉に、永人はぎょっとした。

東堂広之進は、元老山県有朋の片腕と称される現陸軍大臣だ。東堂家はもと長州閥出身で、明治の終わりに公爵位を叙勲されている。当主である広之進は、今や次期首相とも目されている大人物だ。

その東堂広之進の息子だって？

くらくらしてきた。本当にこの学園は〝国家〟なんだ。国を動かす者ばかりが集う別世界なのだ。

東堂がかすかに目を細めた。

「そのように驚かないでくれないか。確かに僕は東堂広之進の息子であり、東堂の名が常に付いて回る。が、僕は家の付属品ではないのでね。君も同じなのでは？」

はっと息を呑んだ。同時に、永人を「檜垣」と呼び、「探偵」と自称した謎の少年を思い出す。学園中の生徒たちが、こうして自分の出自を知っているのではないか。永人の中に強い警戒心が湧く。

唇の端にうっすらと笑みを浮かべ、東堂が言った。

「怖い顔だな。それにしても君、ずい分と世相を勉強しているようだね。感心だ」

当然だ。心の中で返した。

物心ついた頃から、三味線を携えて座敷に上がる母に付いて回っていた。楚々とした美貌と確かな演奏の腕を持ちながらも控えめな千佳は、浅草を中心とした座敷から引っ張りだこだった。

母が仕事をしている間、永人は夜な夜な開くにぎやか、かつ怪しげな見世と小屋に出入りする売り子、芸人や職人らに育てられた。彼らからあらゆる渡世のすべを学んだ。それは時に胡散くさく、時に手酷い裏切りや欺瞞《ぎまん》をはらんでいた。

真っ直ぐではない人々。歪《いびつ》で、ずるい人々。それでも、永人はあの猥雑な場所に集う人々を嫌いになったことがなかった。

しかし、そんな自分を含めた根無し草たちは、時勢を読み違えるとあっという間に潰される。食う場所をなくし、のたれ死ぬ。だから社会の動向には常に目を光らせていた。

今、誰が一番強いのか。

今、誰が一番金持ちか。

今、誰が一番残酷か——

「さて」

声を上げた東堂が永人の背後に回り、両肩に手を置いた。たった今自分が座っていた椅子のほうへ押しやる。彼に促されるままに腰かけようとした永人は、背後の壁に布がかかっていることに気付いた。

なんの変哲もない手ぬぐいだった。白い色合いが漆喰の壁に馴染んではいるが、いかにも唐突だ。なんだ？　そう思いながらも、永人は椅子に腰かけた。すると、目の前の椅子には黒ノ井が座った。東堂が永人の背後を通り、彼の傍らに立つ。

黒ノ井が制服のポケットから何かを取り出した。一組のトランプだ。驚く永人の目の前で札を切り始める。その手つきは慣れたものだった。

「俺には人の心を読む能力があるんだ」

トランプを切りながら黒ノ井が言う。

「引いた札を君にだけ見せる。俺は君の表情から、札の数字を当てる」

「……札の裏に分かるように数字が書いてあったら？」

札を切る黒ノ井の手が止まった。永人をまじまじと見つめる。

「そう上級生に直言するやつを初めて見た。君、度胸があるな」

二人を眺めていた東堂がにやにやと笑い始めた。苦笑した黒ノ井がトランプを扇状に広げる。

「いいよ、確認したまえ。印のようなものがあるか」

机の上に広げられたトランプを見た。確かにどの札にも記号のようなものは書かれていない。使い込んだ感じはあるが、一見して数字や絵札が分かるような傷や汚れもない。念のため光にも透かしてみるが、表はまったく見えなかった。

「確かに。裏を見ただけでは分からないみたいです」

「こんな用心深い生徒も初めてだ」

そうつぶやいた黒ノ井は心底楽しそうだった。札をまとめ直して再びよく切ると、山の中から一枚引き抜いた。表の面を永人に向け、自分の額より少し上に掲げる。そのまま、空気の壁をなで下ろすように、ぴた、と永人の目線の高さまで札を下ろした。

スペードのA。

確認した永人を黒ノ井がじっと見つめる。

「スペードのA」

当たった。かすかに目を見開いた永人の表情を見て、黒ノ井は満足そうに笑った。

「もう一度やろうか？」

再び札を切る。一枚引き抜く。同じく上から下、なで下ろすような動作で永人の目線に札の表を合わせる。

「クラブの8」

「スペードの4」

「ハートのキング」

どれも当たっている。なぜだ。永人はちらりと黒ノ井の傍らに立つ東堂を見た。

これで東堂が永人の背後に立っていれば事は簡単だ。彼が永人からは死角の位置で札の数字を教えているのだ。いかさまでよくある手口だ。だが、むしろ東堂は黒ノ井の後ろに立っている。あれでは東堂自身にも札の種類など分からないに違いない。

「信じてくれたかな。俺が人の心を読めるって」

札を切る黒ノ井の手が一枚引き抜く。また頭上のほうへ札を持つ手を上げようとする。なぜ毎回あの動作を？

今まで見てきた奇術師、芸人らの動作に無駄なものは一切なかった。あの動きにも意味があるはず。

その時、東堂の制服の襟元に付いている徽章《きしよう》がきらりと光った。中庭に面している窓から射した光が反射したのだ。

反射。

背後――

「！」

がたりと立ち上がった。驚く黒ノ井を見下ろす。

「当ててください。さあ」

「……」

永人を見上げる黒ノ井の手札は、「ダイヤの２」。

「どうしました？　俺が立ち上がったら突然心が読めなくなりましたか」

「……」

「背後。こうして俺が立ち上がって、背中にあるものを隠したから、分からなくなったんでしょう」

黒ノ井の目が揺らぐ。

「さっき、東堂先輩は俺の背後をわざわざ通ってそちらに行った。その時、俺に気付かれないように壁にかかっていた手ぬぐいを取ったんじゃないですか」

指摘された東堂の唇の両端が、きゅうっと吊り上がった。嬉しくて、楽しくてたまらないという表情だ。

「鏡だ」

振り返った。予想通り、壁には四角い鏡がかけられていた。取り払われた手ぬぐいが床に落ちている。上方に札を据える動作は鏡に映すためだったのだ。

あーあ、と黒ノ井が観念した声を上げた。

「これをやると、俺が人の心を読めると思い込んでくれる生徒もいるんだが……君には通じなかったみたいだ」

腹の底がじりりと疼《うず》く。

こんな子供だましに引っかかるガキと俺を一緒にするな。

椅子に座り直した。両のポケットに手を突っ込み、右ポケットから小さい二つのサイコロを取り出す。

「じゃあ俺も。サイコロの目を自由自在に動かすまじないが使えるんです」

二人の目が机上に転がしたサイコロに注がれる。

「どうぞ。手に取ってなんの仕掛けもないことを確認してください」

促された黒ノ井が二つのサイコロを手にした。つぶさに眺めるが、すぐに机上に戻す。

「確かに。なんの仕掛けもないようだ」

「では黒ノ井先輩。選んでください。半か丁か」

「は……え?」

突然の言葉に黒ノ井がうろたえる。ぶっと東堂が彼の背後で吹き出した。

「半が奇数、丁が偶数。サイコロの目の合計で決まります。どちらがいいですか」

「……丁」

「分かりました。じゃあ、サイコロの目を丁だけが出るようにします」

机上のサイコロを右手に取り、左ポケットから出した左手を組み合わせて上下に振る。

さっとサイコロを投げた。二人が身を乗り出して目を見る。

「2と6……8だ」

「もう一回いきますよ」

素早くサイコロを両手で振り、投げる。黒ノ井が目を瞠った。

「4と2」

「もう一回」

二度、三度、目にも止まらぬ素早さでサイコロを投げた。4と4、6と4、2と2……

サイコロは偶数の目を出し続けた。

「待った」

とたん、東堂が永人の傍らに歩み寄った。制服の両ポケットをぽんぽんと叩いてから、
左ポケットの中に手を入れる。

「あ」

「……やはりね」

ポケットから東堂が一つのサイコロを取り出した。黒ノ井が眉をひそめる。

「どういうことだ！」

「あれ。分かっちゃいましたか。やっぱり丁のほうがバレやすいや」

「こんな何度もやったらさすがにね。不自然にもほどがある」

「だからどういうことだって」

「目で見る分には多少ごまかされるが、実際出た目を紙に書いてみろ影人。2と6、6と4、4と4、……どうだ？　不自然だろ」

「……偶数だけだ」

「その通り。これだよ」

東堂が左ポケットから出したサイコロを黒ノ井のほうに放る。空中で掴んで見下ろした黒ノ井があっと声を上げた。

「なんだこれ。1と3と5の目しかない」

「ご丁寧に、ポケットの中には切り込みが入ってた。彼はポケットに偶数目のサイコロを二つ、切り込みの中に奇数目のサイコロを一つ忍ばせていた。影人が半と言ったら、偶数目の一つと、その奇数目のサイコロを出して振るつもりだったのさ」

へえ。永人は少し東堂を見直した。

こいつ、ただのお坊ちゃんじゃない。さすが天下の陸軍大臣、東堂広之進の息子だ。

「じゃあ、最初のサイコロは」

「相手に確認させるための普通のサイコロさ。あれは右ポケットから出しただろう。さあ手を開いて、檜垣君」

素直に手を開いた。右手の小指と薬指の中に握り込んでいた普通のサイコロ、そして偶数の目が刻まれたサイコロ、合計四つのサイコロが机上に転がる。

「最初のサイコロを指の中に隠して相手に半か丁か選ばせてから、左ポケットに仕込んであるサイコロを瞬時に取り出す。両手を組み合わせてサイコロを振るから、見ているほうは、まさか手の中に四つのサイコロがあるとは思わない。投げて振って投げて……あの素早さだからね、偶数、もしくは奇数しか刻まれていないなんてまず気付かない」

「くそっ、やられた」

黒ノ井が顔をしかめる。唇を尖らせてぼやいた。

「いかさまに関しては檜垣君のほうがずっと上手だったってことさ、影人」

「そのいかさま、自分で考えたのか？」

「……浅草でも、おのぼりさんならこれに引っかかってくれる。東堂先輩の言うとおり、そう何度もできませんけどね。けど、自分で稼ぐには手っ取り早い」

奇術師や芸人らは同業者にも手の内を明かさない。だからこのいかさまは、彼らの出し物を見よう見まねで永人が考えたものだ。もちろんサイコロも自作である。

「面白いな君は！」

快活な笑い声を上げた東堂が永人に向き直った。ぽんと肩に手を置く。

「改めて歓迎する。寄宿舎に行って、君の部屋を確認するといい。寄宿舎は分かるかな」

「丸い形の……」

「そう。あれが今日から君の家になる。千手學園付属寄宿舎、通称〝バベルの塔〟」

ばべる？　耳慣れない言葉に戸惑う永人に構わず、黒ノ井が続けた。

「寄宿舎の一階には食堂を兼ねた集会室、舎監の部屋、雑務室がある。厠《かわや》と風呂は寄宿舎の裏手。生徒の部屋は二階から三階は二人部屋、四階は一人部屋と二人部屋が混合。どの階にも十六部屋ずつ。四階には独身の教師もいる」

「三年の学年長が君を待っている。だから寄宿舎の三階にあるこの部屋に行きたまえ」

東堂が一枚の紙片を目の前に掲げた。そこには鉛筆でこう記されていた。


「Ⅸ」


なんだこの模様は。真っ直ぐな縦線と斜めの線が交差している。これは文字なのか？

「この数字、覚えたかい？」

数字。これが？

それでも永人が頷くと、東堂はくしゃりと紙片を握りつぶした。白い手指の間で、薄茶色の紙をくちゃくちゃと丸める。それから、思い出したように声を高くした。

「ああ、そうだ。最近、寄宿舎に出るそうだから気を付けて」

「出る？」

「生霊」

いきりょう。突飛な言葉に、永人は目をぱちくりとさせた。

やけに陰鬱な声で黒ノ井が言う。

「先日、生徒の一人が窓から落ちてね……一命は取り留めたのだが、頭の打ちどころが良くなかったのか、病院でいまだに目を覚まさない」

「このところ、寄宿舎内で彼の生霊が目撃されているんだよ。ふらふらと現れては生徒たちに親しげに声をかける。だから、うかつに言葉を交わさないようにね。でないと、君まで〝あちら〟の世界に足を突っ込むことになる」

あちら。どちら？

机の上に置いておいた学帽を東堂が取り上げた。戸惑う永人の手に押し付ける。耳元に唇を寄せ、そっとささやいてきた。

「さっきの数字を忘れないように。さあ行きたまえ」

促され、扉のほうへ足を向けた。ふと振り返る。

白い少年と黒い少年の瞳が、今にもこちらを搦《から》め取りそうに光っていた。

「君と学園生活を送るのが楽しみだ」

東堂がにっと笑んだ。


右棟から玄関室棟を通り、左棟へと向かう。角には大きい昇降口があった。生徒用の下足箱がずらりと並んでいる。永人は玄関室に置いておいた下足と室内履きを再び履き替え、外に出た。木立の中に見える丸い建物を目指す。

近付くにつれ、その異様な眺めに改めて見入ってしまう。

木陰から全貌を現した茶筒形の寄宿舎は、想像以上の大きさだった。煉瓦造りの四階建て。丸みを帯びた壁に上げ下げ窓が均等に並ぶ様は、どこか蜂の巣を思わせた。

正面にある玄関から中に入る。生徒たちの下足箱が左右に並ぶたたきの向こうに、丸い廊下に囲まれた中庭が見えた。玉砂利がきれいに敷き詰められ、真ん中には庭石を周囲に配した小さい池がある。石橋まで架かっており、さながら洋風の寄宿舎に無理にはめ込んだ日本庭園だ。ちぐはぐな眺めは、先ほど出会った少年たち同様、異世界だ。

ふと、夜の見世に初めて迷い込んだ日のことを思い出した。まだ幼かった永人は、目の前に広がる妖しい光や色の渦に驚いて立ちすくんだものだ。

なんなんだここは。奇妙な。ちょっと怖い。

でも、わくわくする——

再び室内履きに履き替えて廊下を歩く。庭を囲んだ丸い回廊は寄せ木細工になっており、その模様の精緻さに永人は舌を巻いた。

一階部分の部屋の大半に木戸が立てられていた。食堂を兼ねた集会室であろう。永人は廊下の途中にある螺旋《らせん》階段を三階へと上がった。生徒が誰もいないせいか、やけに静かだ。木々の葉擦れの音までが、この丸い建物の壁に吸い尽くされているように感じる。

三階の回廊沿いには茶色い扉が等間隔に並んでいた。上がってきた階段の対角線上にも、もう一つ同じ造りの階段があり、完全なる左右対称の眺めだ。建物の中をすっかり見通せるはずなのに、なぜか迷路に迷い込んだ気分になった。中庭を見下ろす回廊の手すりから建物を眺めると、どの階にも同じように扉が並んでいるのが分かる。

廊下を歩き、「Ⅸ」という文字を探した。扉の上方には木札がはめ込まれており、それぞれ「Ⅰ」や「Ⅳ」などの文字が書かれていた。

あれも全部数字なのか？　ただの丸い廊下に過ぎないのに、部屋を探して歩くうち、自分がどちらの階段から上ってきたのか分からなくなった。

やっとのことで「Ⅸ」の木札がかかる部屋を見つけた時はホッとした。扉を叩くと、「どうぞ」という声が聞こえてきた。

入った部屋は、小さい寝台が左右に置かれた二人部屋だった。それらに挟まれ、二つの勉強机が肩を寄せ合うように窓際に並べられている。右の壁には、帳面の一枚に描かれた花の素描が貼られていた。鉛筆で描いたと思しき絵。なかなかに上手い。

声の主は、左側の机の前に座っていた。永人を見てにっこりと笑う。

「初めまして！　檜垣永人君」

澄んだ声音にぎょっとする。屈託のない笑みを浮かべて立ち上がった少年は、東堂や黒ノ井に劣らぬ秀でた容貌の持ち主だった。長い睫《まつげ》に縁取られた大きい瞳が、ともすると少女を思わせる。

しかし何より目を惹いたのは、小ぶりな頭に巻かれた白い包帯だった。怪我でもしたのだろうか？　整った容姿の分、やけにちぐはぐに見えた。白い色が鮮やかなほどだ。

不躾な永人の視線を気にする様子もなく、少年が続けた。

「来碕《きさき》慧《けい》です。早く学園の生活に慣れるといいね」

永人としっかりと握手を交わすその手は、驚くほど柔らかかった。

そんな慧の大きい瞳がきらきらと輝き、永人を見つめた。

「檜垣君のこと、学園中の生徒たちが噂しているよ。浅草住まいだったのでしょう？」

「……」

そんなことまで知れ渡っているのか。とたんに永人の後れ毛がぞわりと逆立つ。

「ねえ、浅草の見世通りが毎晩遅くまで真昼のように明るいというのは本当？　蛇を呑む男がいたり、言葉を話す猿がいるというのは本当？」

　道を歩いているだけで食い物にされる類の人間だ。いかさまサイコロにもころっと引っかかってくれそうな。

　慧がふっと視線を落とした。寂しげにつぶやく。

「僕、あまり外に出たことがなくて。だから話に聞くだけの浅草とか、色んな街の様子とかを見てみたいんだ」

「だったら行けばいいだろ。浅草ならすぐそこだ」

　永人の言葉に、慧が表情を変えた。整った人形の面《おもて》にヒビが入った。なぜか永人はそんな光景を連想した。

「僕だって行きたいよ！　だけど――」

　高い声を響かせる。その音には、兆し始めた男の声音がうっすら混じっていた。そのせいかやけに生々しく、今までの明朗な声音はすべて偽りだったのではないかと思えてきた。

　そんな自分の声に驚いたのか、慧がぱっと目を見開いた。顔をうつむかせる。

「……お医者様に止められているんだ。人混みはよくないって」

　身体が弱いのか。頭に包帯巻いてるくらいだしな、と永人は合点した。

　が、すぐに慧は顔を上げた。にこりと笑う。

「そうだ。もう一人、挨拶したほうがいいよ」

「え？」

「この部屋にいるから。君を待ってる」

それは誰のことだ。そう問う間も与えず、慧は一枚の紙きれに何かを書きつけると、永人に渡した。

「X」

「部屋を探して、挨拶するといいよ」

「……」

「さあ。行って」

慧の声に促されて部屋を出た。扉を閉める刹那、肩越しに見ると、彼は笑って小さく手を振っていた。包帯の白い色が扉の向こうに消える。

回廊を回り、紙片に書かれた「X」の部屋を探した。しかし歩けば歩くほど迷い込む感覚に襲われ（丸い廊下を歩いているだけなのに！）、永人はめまいがしてきた。

ようやく「X」の部屋を見つけた。が、すでに「IX」の部屋の位置が分からない。二か所の階段を軸に八部屋ずつ並ぶ回廊は、どこがどこなのかさっぱり分からなくなっている。

まあいいや。そのうち慣れるだろう。渡された紙きれをポケットに押し込み、「X」の部屋の扉を叩いた。

「あの。今日から入学することになりました檜垣永人です」

ところが、部屋の中は静かだった。なんの答えもない。おや？

「あの。あのー」

強めに叩く。しかしまるで無反応だ。そこで永人は「開けますよ」と言って中を覗いた。

慧の部屋と同じく、二つの寝台と机が並んでいる。ところが誰もいない。無人だ。

「あれ？」

間違えた？　扉の札を見るが、確かに「Ⅹ」の部屋だ。ざっと回廊を見渡す。誰もいない。

おかしいな。慧が勘違いしたのかな。もう一度「Ⅸ」の部屋へと引き返した。またも回廊をぐるぐる歩き、「Ⅸ」の部屋を見つけ出す。

「なあ。誰もいなかったぞ、本当に――」

言葉を呑んだ。

慧の姿が消えていた。


え？

状況が理解できず、永人は立ち尽くした。

部屋を出てどこかに行ったのか？　いや、それはない。今、この丸い廊下を歩いていたのは自分一人だけだ。どこの部屋の扉も開かなかったし、ましてや人の姿なんて見ていない。永人は目を凝らし、室内を見回した。

部屋は先ほどの形を残したままだ。二つの寝台。二つの机。上掛け布団の色合いや、壁に貼られた花の素描も同じ。それなのに、慧の姿だけが消失している。

……いや。永人は窓が開いていることに気付いた。カーテンが揺れている。さっきは閉まっていた。

まさかここから外に？　机に近付き、身を乗り出して下を覗き込んだ。しかし、はるか眼下の砂利道に人影はない。第一この高さだ。いくら身軽でも、飛び降りたらただではすまない怪我を――

「……」

東堂の言葉を思い出した。窓から落ちた生徒。

生霊。

慧の頭に巻かれた白い包帯を思い出す。ぱっと飛びのき、窓から離れた。まさか。からかわれただけだ。けれど実際、慧の姿は消えた。

バカな！

部屋を飛び出した。丸い回廊をぐるぐる走り、部屋を一つ一つ数え、番号を見ていく。

「Ⅸ」の数字がもう一つあるのではないか？　絶対にそうだ。俺は騙されてる！

しかし、やはり「Ⅸ」は一部屋だけだった。右隣の部屋から数えて十六部屋目。廊下は丸く繋がっている。迷いようもないし、自分以外には誰もいない。部屋の中を再び覗くが、慧の姿はない。

どこに消えた？　くそっ、落ち着け。生霊？　そんなわけがない！

「！」

廊下に戻り、手すりによりかかった永人は目を瞠った。

中庭に慧が立っている。洋風の寄宿舎にはめ込まれた、場違いな日本庭園もどきの池を背に永人を見上げている。

その頭には、白い包帯。

「いつの間に？」

永人は愕然とした。部屋から出た姿を見ていない。窓からは下りられない。それなのに「Ⅸ」の部屋にいたはずの慧が、どうして一階の中庭に立っているんだ？

——生霊？

永人を見上げた慧がにやりと笑った。

「やあ。檜垣永人君」

整った容姿の分、その笑みが邪悪に見えた。

「くそっ！」

思わず永人は手にしていた学帽を慧に向かって投げつけた。彼がとっさに左手を伸ばし、中庭にあえなく落ちる学帽を受け止める。

「神聖な校章が付いている学帽だよ。大切にしなくては」

「うるせえ！」

怒鳴った。どいつもこいつも、わけの分からないやつばかりだ。東堂も。黒ノ井も。最初に会ったやつも——

「〝さかさま〟に気を付けて」

「〝さかさま〟……」

はっと顔を上げた。記憶を辿る。この奇妙な寄宿舎に来てから、見たものすべてを思い返す。

丸い回廊。並ぶ部屋。並ぶ数字。Ⅱ、Ⅴ、Ⅷ、Ⅳ……「Ⅸ」。包帯を頭に巻いた慧。彼が書いたメモ。中庭に立つ慧。落ちた帽子。

さかさま。

いかさま。

「……そういうことか」

ポケットに手を突っ込み、サイコロを一つ取り出した。高く放り投げる。あっと声を上げた慧が、やはり左手を出してそれを受け止めた。

「おい！　そんなやけになってものを放るな。猿かお前」

「うるせえ！　お前こそ来碕慧じゃないな？　お前、誰だ！」

少年が目を見開いた。

「俺を騙そうなんざ百年早ぇ、おととい来やがれ！　タヌキの金玉食らわすぞ！」

あっけに取られた慧（によく似た少年）に構わず、永人は再び回廊を駆け抜けた。目当ての数字を探す。

「あった！」

見つけた部屋に飛び込んだ。中にいた少年が飛び上がる。

来碕慧。

「えっ？　檜垣君、なぜ分かったの」

驚いた彼の声を無視して、扉の裏側を見た。

「やっぱり」

扉の上方にツマミが付いている。部屋番号の札は、扉に穿《うが》たれた穴にこのツマミを通して固定されていたのだ。永人は再び外に出て、部屋の札に書かれている数字を確かめた。

「XI」


「こんな簡単なことだったのか」

舌打ちした。すぐに気付かず、束の間でもうろたえた自分が忌々しい。

「ど、どうして分かったの？」

慧が好奇に目を輝かせた。頭に巻いた包帯が、言葉のとおりまさに白々しい。

「中庭に立ってるお前にそっくりなやつ。左利きだろ。俺が投げた帽子やサイコロをとっさに左手で受けてたから。で、お前は右利き。さっき、右手で数字を書いたからな」

「……すごい。よく見てるね。でも、それだけでこの部屋が分かったの？」

「逆さ絵って知ってるか」

唐突な言葉に、慧が首を傾げた。

「興行をかけてる小屋の前に、出し物を描いた絵看板を置くんだ。一部を隠していて、女の白い足のようなものが見えている。呼び込みの男はこんな口上を言う。

『さあさあか弱き女の濡れた柔肌
白く妖しく夜気に光る

寄っていきなよ見ていきなよ
悲しい女をなぐさめて』」

繁華街の猥雑な夜が、整然とした寄宿舎の室内に一気に満ちる。永人の慣れた節回しに、慧が頰を上気させた。

「だから客はてっきり女がいると思って木戸賃を払い、中に入る。ところが中にいるのは、水槽に入ったただのイカだよ」

「イカ?」

「ああ。なんの変哲もないイカ。もちろん客は怒るだろ? そしたら男は言うのさ。『いやいやお客さん、あたしは嘘なんか申しちゃいません。このイカはメスなんですよ。ね? か弱き柔肌が、濡れて白く輝いているでしょう?』そしたらこの絵はなんだ、と客は言う。男は絵の一部を隠していた布を取り払い、かけておいた絵看板をくるりと回し、上下を逆さまにする。

そこには海を漂うイカの絵がでかでかと描かれている。男は初め、このイカの絵をひっくり返し、脚部分を色っぽく投げ出された女の足のように見せかけていたんだ。これで嘘は描いてないと言い抜ける。客の助平心につけ込んだいかさまだよ」

〝さかさま〟という言葉で気付いた。

永人が最初に「IX」の部屋に入った時、「XI」の部屋には庭にいる少年が潜んでいたのだろう。永人と慧が話している間に、「XI」の札を「IX」にしてから庭へと下りる。

一方、「X」の部屋に行くよう指示された永人が部屋を出てから、慧が「IX」の札を「XI」にした。こうすることによって、「IX」と「XI」の部屋が入れ換わったのだ。確かにこの回廊に慣れない者の目では、特定の部屋の場所を見分けるのは難しい。たったこれだけで十分惑わされる。

もちろん偽りの「IX」の部屋を、あたかも先ほどまで誰かがいたかのように偽装することも忘れない。壁の絵まで似たようなものにしたのだから、手が込んでいる。

「すごいや！」

興奮した声を上げ、慧が身を乗り出した。

「もっと話を聞かせて？　君みたいな子、初めてだ！」

無邪気な様子に圧倒される。が、永人は憤然と慧の頭に巻いてある包帯を引っ張った。

「痛っ」

「なんでぇこんなもん、どうせあの東堂や黒ノ井が仕組んだことだろ？　生霊とかなんとか、新入りを怖がらせて笑いものにしようってぇんだろ！」

「痛い、髪引っ張らないでよ。ごめん、確かに騙したけど、そんな笑いものだなんて」

「うるせえ！」

「慧から手を離せ！」

もう一つの声が割り込んできた。慧の包帯を引っ張る永人の指を引き剥がし、肩を強く突く。不意を食らった永人は、よろめきながら後ずさった。

庭にいた少年だ。彼の腕の中で、慧がまん丸に見開いた瞳を覗かせていた。永人は息を呑む。

二人の少年は不気味なほど酷似していた。間に鏡を挟み込み、実像と虚像が常に隣り合わせているかのようだ。

「……双子」

ここまでよく似た双子を見たことがない。作り物みたいだ。

飛び込んできた少年がぎりりと眉をひそめる。

「乱暴なやつだな。慧に近付くな！」

とたん、永人の腹の底から激情が噴き上がった。

「そっちこそ、人を笑いものにして高みの見物しようってぇんだろうが！」

やっぱりそうだ。

こいつらは俺をバカにしてやがる。

権力で、地位で、金で踏みつけようとする！

「俺は、お前らなんかに絶対屈しない！」

すると、永人の怒号に気を呑まれた少年の目が思案気に揺らいだ。彼の思慮深い知性がほのかに映し出される。少年の思いがけない揺らぎを見た永人の中から、怒りがすぅっと鎮まっていく。

「仲直りしよう！」

突然、慧が甲高い声を上げた。自らにそっくりな兄弟の腕に自分の腕を絡め、永人のほうへ一歩近付く。誇らしげに言った。

「来碕昊《こう》。僕の弟だよ」

「……」

「この部屋を入れ替えるいかさま、東堂先輩が考えたんだ。新入りの子をちょっと驚かせるためにね。だけど……トリックを見破ったのは君が初めてだよ！」

言うほどに、慧の頬が上気していく。白い肌にほんのりと赤みが差し、表情が生き生きと輝き出す。

「感動した。君、探偵みたいだね！　もしかして好きなの？　探偵小説」

また探偵。

「僕は大好きなんだ。『夜光仮面』は知ってる？　君、あの小説に出てくる少年探偵トドロキ君のようだよ！」

目を白黒させる永人に構わず、慧が強引に手を取って握手してきた。

「君と仲良くなりたいんだ。これから、毎日がわくわくしそうですごく嬉しい」

あまりに輝いた目で見るものだから、永人はだんだんとこそばゆくなってきた。慧が昊の手を引っ張り、永人の手を取らせる。

「だから仲直りしよう。ね？　檜垣君。昊」

昊が眉をひそめる。握り合った永人と昊の手は、互いに緊張して強張ったままだ。

そんな硬い二人の手を、慧の両手が上からぎゅっと包み込んだ。

「昊。お願いだよ。檜垣君と仲良くして」

「……」

「昊」

「……分かったよ」

いかにも不承不承、頷いた弟を見て、慧が「よかった！」とはしゃいだ声を上げた。つられた昊が苦笑いする。永人はそんな瓜二つの兄弟の姿に見入ってしまった。

端正。謹直。清廉。

私立『千手學園』。ここに来るまで、頭の中に思い描いていたのは、そのように面白味のない灰色の風景だった。浮世離れしたお坊ちゃまたちが通う、四角四面の堅苦しい場所。

それなのに――

なんだこいつら。色合いが、見世や小屋の連中と変わらない。いかがわしくて、妖しくて。

ヘンだ。

気付くと笑っていた。気付いた慧が振り返る。

「これから学園の中を案内するよ。まずは教室や部屋の場所を覚えないとね」

「ああ……あ。そうだ。そういや、今って授業中だろ？　さっき別の生徒に会ったぞ」

「え？　東堂先輩や黒ノ井先輩じゃなく？」

「うん。俺たちと同じくらいの歳に見えたな」

二人が顔を見合わせた。

「体調を崩した生徒かな。でも、そんな話は聞いてない」

「いや、見た目は元気だった……ああ、探偵がどうこうって言ってた」

「探偵？」

瓜二つの顔がそろって首を傾げる。その表情にこちらを欺こうという意図は感じられない。

やがて、慧が困ったように眉尻を下げた。

「ごめん。ちっとも思い当たらない」

「え？」

「学園で探偵ものが好きな生徒は僕だけなんだ。だから話し相手がほしくて、昊に無理やり探偵小説を読ませているくらいだもの」

「それに授業をサボタージュなんてしたら、すぐに分かる」

「……」

おいおい。じゃあ、俺が見たあの少年は誰だよ。そういえば、俺は彼の姿を見てどことなく違和感を覚えた。あれはなぜだ？

まさか生霊？

ひえっと叫びそうになった永人を見て、慧がにっこり笑った。

「ようこそ。千手學園へ」

第二話「血を吐くピアノ」

部屋の扉を叩く音が耳に刺さる。寝台からずり落ちた永人は、眠りに引きずられる手足を無理に動かし、ほとんど這《は》うようにして扉を開けた。

「おはよう檜垣君！　朝食の時間だよ、遅れるよ」

案の定、廊下に立っていたのは来碕慧だった。にこにこと微笑む頰は今朝も薔薇色《ばらいろ》だ。

……眩しい。

「朝は水道場《すいどうば》が混むからね。早く支度したほうがいい」

快活に話す彼の背後には、双子の弟、昊が立っていた。学年長の兄に従い、渋々付いてきたのがひと目で分かる。永人はそんな瓜二つの兄弟を寝ぼけまなこで見つめた。

来碕兄弟の実家は府内の一等地に建つ来碕病院を経営している。東京医学校に学んだ彼らの祖父、来碕栄一《えいいち》が個人診療所として開院したのが始まりだ。彼の娘である慶子《けいこ》と結婚して婿入りした来碕是助《これすけ》が経営規模を拡大させたこともあり、今や東京府随一の規模を誇る大病院となっている。

永人の寝巻用の浴衣《ゆかた》姿を見た昊が眉をひそめた。

「おい。何度も言ってるだろ。同室の生徒がいないからってだらしないぞ」

たまたまなのだが、永人にあてがわれた部屋には同室の生徒がいなかった。良家のお坊ちゃんと顔を突き合わせないですむのはありがたいが、その分、慧には四六時中付きまとわれていた。今も、寝癖のあともそのままにぼんやりとしている永人を急かしてくる。

「ほら着替えて着替えて！　ご飯おかわりできなくなるよ？」

仕方なく、まるで同じ顔の双子に見守られながらのろのろと浴衣を脱いだ。ズボンを履き、シャツを着る。洋装はいまだに慣れない。革の洋靴も、履き慣れていた下駄の履き心地には遠く及ばない。

二人とともに、歯ブラシや手ぬぐいなど洗面用具を手に一階にある水道場に向かった。茶筒形の寄宿舎の裏手に厠と風呂の施設があり、その横手に庇の付いた水道場があった。六つある蛇口の前に生徒たちがずらりと並んでいる。

五学年ある千手學園は、学年ごとに十五名から十八名ほどの生徒がいた。数え年で入学時十三歳から卒業時十八歳までの男子生徒が八十名前後集っている。

男ばかり、華も何もねえな。

永人は来碕兄弟とともに列の後ろに並びながら、食堂を兼ねた集会室の裏手にある厨房を見た。

和装の女性たちが働いている。おさんどんとして雇われている近所のおかみさん連中だ。朝と夕方学園にやって来て、用務員の多野柳一の妻エマを中心に食事を作るのだ。たまに彼女たちの子供が手伝っている時もある。今も、自分たちと変わらない年頃の少年が大量の食器を室内に運び入れていた。永人は不思議な気持ちで彼らを見つめた。

つい最近まで、自分もああして使われる立場だった。何がどう転ぶか、つくづく分からないものだ。浅草の見世や小屋を渡り歩き、芸人や役者に混じって小銭を稼いでいた自分が、今はこんな立派なところに。改めて、煉瓦造りのへんてこな建物を見上げる。

ちなみに、最上階の四階、さらに一人部屋に優先的に入れるのは学年ではなく、どうやら寄付金の多寡で決まるという。東堂と黒ノ井は当然のようにこの四階の一人部屋に住んでいる。

学園で数日過ごしただけの永人にも、二人が特別扱いであることが分かった。天下の東堂公爵家と大製鉄会社を営む黒ノ井家。その威光は学園内でもまったく衰えていない。浅草界隈に集う海千山千の人々を見てきた永人にも、彼らがまとう空気は独特のものに思えた。

飄々としているようで目端がきく。知的で端正な佇まいの中に感じられる、押し隠した秘め事。どこか危うい匂いを発する彼らを、生徒たちは畏れながらも信奉していた。

「おはよう慧、昊」

背後から声をかけられた。同じ三年生の穂田《ほだ》潤之助《じゆんのすけ》だ。先の大戦時からぐんぐん業績を伸ばしている穂田製薬会社社長の息子。三人は幼馴染みなのだ。

ふくふくとした丸いほっぺが、いかにもお坊ちゃまという感じだ。そんな潤之助が、傍らに立つ永人をちらりと見た。

「おはよう、檜垣君」

双子を見る時とは違う、装った笑顔。潤之助だけではない、生徒たち全員が、明らかに毛色の違う永人に戸惑っていた。が、誰もそのことをあからさまにしない。熱心に永人の世話を焼く慧を傷付けたくないからだ。

菩薩様。誰もが来碕慧のことをそう評する。言い得て妙だ。確かに、彼はいつもにこにこと笑っており、屈託がない。

生まれつき身体が弱いそうで、運動の時間はいつも見学している。行事や生徒の仕事分担なども特別扱いらしい。だが、慧自身はまったくひねくれることもなく、誰に対しても朗らかに接していた。

しかも。

「ねえねえ檜垣君。『夜光仮面』、絶対読んでね。犯罪トリック、何頁目で見破れたか競争しよう！」

洗面の順番を待つ永人の制服の袖をしきりに引っ張る。新入初日に『生霊少年』のトリックを見抜いたせいか、今やすっかり探偵扱いされていた。

「檜垣君すごいんだよ、探偵みたいなんだから！」

その上、生徒たちにことあるごとにそう紹介するから厄介だ。永人本人がいくら否定しても譲らない。実はずい分と図太い菩薩様なのだ。

一方、弟の昊はそんな兄のお守り役だった。虚弱ながら物怖じしない兄に寄り添い、陰に日向に守っている。初日、慧にいきなり摑みかかった永人を許していないのか、いまだに態度はよそよそしい。

しかし運動能力は目覚ましいものがあり、走る、投げる、飛ぶ……そのどれもが抜きん出ていた。特にその俊足たるや、すばしっこさを自負していた永人ですら舌を巻く速さだった。加えて学業成績もいい。慧もそんな弟を自慢にしているようだった。

「あれぇ、チントンシャンだ」

横で声が上がった。振り返ると、大と小という形容がぴったりな少年二人がにやにやと笑ってこちらを見ていた。

「君、眠そうだな。やはり宵っ張りなんだろ。こんな朝早く起きなければならないなんて、チントンシャンにはキツいのだろうな」

「夜のお勤めだからな！」

潤之助が顔をしかめる。やれやれ。永人は内心ため息をついた。

大と小……大柄ででっぷりとした体格の四年生と、その半分くらいしかない三年生。小菅《すげ》幹一《かんいち》と幹二《かんじ》兄弟だ。現警視庁警視総監、小菅勉《まなぶ》の長男と次男である。

ここ数年で一般市民に対する警察官の態度はずい分改善されたと言われるが、依然「尊大」「横暴」と庶民には不人気な組織幹部のご令息たちだ。

　周囲に緊張が走る。良家の少年らの視線が、小菅兄弟と永人にいっせいに向けられた。

　チントンシャンとは、おそらく三味線のことだ。永人の出自、母親が三味線弾きであることは、すでに学園中に知れ渡っているようだ。もとより覚悟していたので、このくらいの揶揄《やゆ》は屁でもない。

　ふん。永人は鼻で笑い、こう返した。

「へえ。いつも小菅の旦那には世話になってやす」

　小菅兄弟が目を剝く。慧と昊、潤之助も息を呑む。ぽかんとする一同に構わず、両手を三味線を持つ形にして構えた。

「ではいっちょ、唄ってみましょか。小菅の旦那」

　男芸者、幇間《ほうかん》の真似だ。見えない一の糸、二の糸、三の糸をつま弾く。チン、トン、シャン。

「すられすられて　みさおとられて
　つかまえとくれよ　こすげさん
　あたしのすそは　あんたのなわよ

にかいいこうか　こすげさん」

即興の言葉遊び、都都逸《どどいつ》だ。啞然として口をぱくぱくさせる兄弟に向かい、永人はにっと笑った。

「いやぁ赤レンガの旦那方（警察）にはあたしのコレを贔屓にしてもらってまして」

「な、な」

「姐さん方のお裾から、花びらが覗いてるなと思ったら、あなたこれが札びらだったり、あたしゃビックリしましたよ！」

「ふ、ふ、ふざけるな！」

「特に警視総監であらせられる小菅の旦那は都都逸がお上手で」

顔を真っ赤にした小菅幹一が永人の襟元を摑み上げた。「あっ」と慧が叫ぶ。

「せ、先輩！　待ってください、暴力はやめてください」

「嘘をつくな、このペテン師め……父がそのような下賤な場所に行くわけがない！　お前などこの学園にふさわしくない、出て行け！　三味線弾きの女、卑しいメス猫の子供が！」

慧だけでなく、昊までもがヒュッと息を吞んだ。弟の幹二が貧相な身体を震わせて大笑いする。

「ハハハ！　兄さん、そりゃ傑作だ！　こいつの母親は同類の獣の皮を張った楽器を弾いてるわけだ！」

「――」

頭の奥に、胸の真ん中に火花が散った。一瞬にして燃え上がった永人の白い焔《ほのお》に気付いたのか、小菅幹一の目元がかすかに震えた。

その時だ。

「おはようみんな！　こんなところで何をしているんだい？」

まるで場にそぐわない明るい声が響いた。睨み合う永人と幹一以外の全員がはっと声のほうを見る。慧がホッとした声を上げた。

「……中原先生」

音楽教師の中原春義《なかはらはるよし》だ。学園の近所に年老いた母親と二人で暮らしている。教師陣の中でも最年少であるせいか、丸い眼鏡をかけた童顔は生徒たちとあまり歳が変わらなく見えていた。

すると、中原を見た幹一がにやりと笑った。永人の鼻先に指を突き付ける。

「おい。お前、俺の質問に『Ｙｅｓ』か『Ｎｏ』で答えろ」

「アァ？」

『いえす』と『のぉ』が、『はい』と『いいえ』であることくらいは知っている。浅草の界隈にも西洋人は多い。

訝《いぶか》しむ永人に構わず、幹一が言った。

「"Can you play the piano?"」

「……」

何を言われているのか分からない。ぴあの。洋琴《ピアノ》。楽器の？　なぜ突然、そんなことを。

見かねた慧が何か言いかけた。が、彼の行く手を幹二が通せんぼする。

「引っ込んでいろ、慧。兄さんが檜垣永人に質問したんだ」

「待ってよ、こんなのずるいよ、檜垣君にちゃんと分かるように」

幹二の手が慧を強く押し返す。とたん、昊が二人の間に割り入った。

「おい。慧に手を出すな」

「だったら君も引っ込んでいろ、昊。僕たちはあの無礼な檜垣と話をしているんだ」

外野の騒々しさをものともせず、永人を睨んだままの幹一が繰り返した。

「"Can you play the piano?"」

もしや、ピアノが弾けるか？　と訊かれているのか。そんなの、弾けるわけがない。が。

『いえす』か、『のぉ』か。

『はい』か『いいえ』か。

「Ｙｅｓ」

目を見て、はっきり答えてやった。慧が目を見開き、昊が顔をしかめた。

この兄弟に向かって、「いいえ」などと口が裂けても言うものか。男がすたる。

小菅兄弟がにんまり笑った。

「本当だな？　武士に二言はないな？」

「とっくに廃刀令が出た大正の時世ですがね小菅の兄さん！　男に二言がないのかってぇ意味ならその通りだ。あってたまるか、答えは『Ｙｅｓ』だ！」

「だ、そうです中原先生！　今度ぜひ音楽室のピアノを弾かせてください」

ぎらぎらと目を輝かせた幹一が中原を振り返った。事の成り行きを唖然と見ていた教師が飛び上がる。

「えっ？」

「こちら檜垣伯爵のご令息、永人君はピアノが弾けるそうです。聴かせてくれるね、檜垣君。ぜひ、君の素晴らしい演奏のご相伴にあずからせてくれたまえ」

「……」

飛んで火に入る夏の虫。暴虎馮河《ぼうこひょうが》の勇。永人の頭の中を、夏の羽虫やら虎やら荒れ狂う大河やら、そんなものが混ざり合っていっぺんに駆け抜けていく。

小菅幹一が、にんまり笑う。

「楽しみにしているよ、檜垣君」

その粘り付くような笑顔に向かい、永人も負けずにっと笑って見せた。

「腰抜かすなよ」


「阿呆だね」

慧にしてはずい分と率直で手厳しい一言が飛んできた。永人は返す言葉もない。

「ピアノ？　弾けるの、檜垣君」

「……弾けない」

「じゃあどうするの！　週明けだよ？　日曜を挟んであと四日しかない。四日後にみんなの前で弾くって約束したんだよ？」

午前の授業を終えた昼休みだった。寄宿舎で昼食を食べた三人は、水道場の片隅で額を突き合わせていた。

「考えなしにもほどがあるな」

むっつりと腕を組んでいた昊が、ため息交じりにつぶやく。永人は口を尖らせた。

「分かってらぁ。だけどあんな野郎に膝を屈するような真似はできねぇ」

「だからってできないと分かったら、あの兄弟はますますお前をバカにしてかかるぞ」

「俺のことなんざどうだっていいんだよ！　あいつら」

母ちゃんのことを。

言いかけて口を噤《つぐ》んだ。……三歳の子供か、俺は。

そんな永人を、昊が冷やかに睨んだ。

「お前だって小菅兄弟の父親を嘲《あざけ》っただろ。お互い様なんじゃないのか」

「……」

「自分だけが傷付いたなんて思うなよ」

「昊ぉ」

弟の容赦ない言葉に、慧が表情を和らげた。

「檜垣君も確かにやりすぎだったけど、小菅君たちだってひどいことを言ったよ。檜垣君が怒るのも当然だ」

「もうこいつに関わるな慧。お前までとばっちり食うぞ」

冷たい言葉を重ねる昊に向かい、慧が頬をふくらませた。

「そんなことできないよ。学年長だもん」

「はぁ？」

「〝和して果敢に壮健に〟が千手學園の校訓でしょ。だから僕は、永人君がみんなともっともっと仲良くなる手伝いをしないと」

いつの間にか、「檜垣君」から「永人君」になっている。眉をひそめる弟に対し、慧は高らかに言い放った。

「だから僕たちで永人君にピアノを教えよう！」

「なっ」

「協力してくれるよね、昊」

「な、な」

「永人君、安心して！　僕たち、少しだけど習っていたことがあるんだ。僕が外で身体を動かせなかったから、代わりにってお父様が。昊は僕に付き合って一緒に習ってくれたの」

オトウサマ。ピアノ。まさに別世界。

「だけど、お祖父様がピアノなんて女の人の習い事だって言い出して……強引にやめさせられちゃったんだ。そんなものを弾いている暇があったら、医学書でも読めって」

みんなに〝菩薩〟と呼ばれる笑顔に陰りが差す。初めて会った時、外に出たいと叫んだ慧の表情を永人は思い出した。

「だから一年くらいしか習ってないけど、『さくら』くらいなら教えられる。ね、昊」

呼ばれた昊が眉間《みけん》に深々としわを刻んだ。

「僕はやらないぞ」

「えっ、なんで」

「こんな軽はずみなヤツを助ける義理なんかない」

「ええ、そんな意地悪言わないで。このままじゃ永人君が小菅君たちだけじゃない、みんなに嘘つき呼ばわりされるんだよ。ね？」

「いやだね。絶対にお断りだ」

「……ふーんだ。じゃあいいよ、もう頼まない！　行こ、永人君」

そっぽを向いた慧が永人の手を取った。校舎のほうへ戻ろうとする。昊があわてた声を上げた。

「慧っ？」

「昊がそんな冷たいなんて知らなかった。もういいよ、昊には頼らない！　僕が一人で永人君にピアノを教えるよ！」

「待て、それって音楽室のピアノで教えるってことだろ？」

「ほかにないでしょ！　あ。でも、これは秘密の練習になるから、ピアノを使わせてほしいって中原先生に頼めない……」

「ほら、な？　あきらめろ。こいつが小菅先輩に頭を下げて謝ればいいだけだ」

「じゃあ忍び込む！」

慧が目を輝かせて振り返った。昊だけでなく、永人までも「忍び込む？」と声を上げた。

「夜、校舎の扉は全部鍵を閉められちゃうけど、音楽室の窓だけ開けておけばいいんじゃないかな。音楽室は一階だし。で、夜に忍び込む」

確かに音楽室は左棟一階の端にある。

ぐぐ、と昊が眉根を寄せた。

「そんなの、用務員が見回りした時に閉めるだろ」

「あ、そうか。うーん……じゃあ〝閉メルベカラズ〟って貼り紙しておく」

「まったく忍んでないし秘密にもなってないな！」

「えー待って今考える、きっと何かいい方法が」

「じゃあ、最初から校舎内に潜んでおく」

永人の言葉に、双子が勢いよく振り返った。まるで同じ顔にいっせいに見つめられ、永人はめまいを感じる。

「それだ！　さすが永人君、少年探偵！」

「待て待て待て。そのほうがまずいだろ。第一、夕飯や点呼をどうやってごまかす？」

「うーん。ご飯は体調が悪いって言えばいいよ。点呼も昊がどうにかごまかして」

「ハッ？　じゃあ、お、お前とこいつだけで夜の校舎に？」

「だって僕たちがいないことをごまかす役が必要でしょ？　ねえ永人君」

「慧！　音楽室のピアノは」

昊の声に怯えが混じる。ん？　永人は彼の顔を見た。かすかに白くなった顔を、昊がはっとうつむかせる。

「昊」

「あんな噂、僕だって信じちゃいない。だけど……慧にも近付いてほしくない」

「噂？」

訊き返した永人を、慧がちらりと見た。

「〝呪いの噂〟だよ」

〝呪いの噂〟。この学園で最初に出会った少年も口にしていた言葉。

「音楽室のピアノは、理事長が友人の英国人から贈られたものなんだって。そのピアノが……夜中に鳴るんだよ」

こんな晴れ渡った空の下だというのに、校舎の隅に澱む夜の闇が、ひたひたと足元に迫ってくる気がした。

「故郷の英国では、とある女の子が愛用していたらしい。だけど、身体の弱かった女の子は、ある日ピアノを弾きながら意識を失い、そのまま死んでしまった」

「……」

「その女の子の呪いがピアノに宿っているんだって。もっと弾きたかった、もっと生きたかった……少女の無念が、真夜中にピアノを鳴らす」

荒唐無稽だ。が、慧のあどけない声音で語られるものだから、奇妙な迫真性がある。

「……単なる噂だろ。だからってあのピアノが本当に夜に鳴るわけじゃ」

「それが鳴るらしいんだ。最近」

昊が湿った声音で続ける。おい、お前もか！　永人は叫びたくなる。

「ここ最近のことだが……真夜中、厠に行った生徒が何度か聴いているんだ。今にも消え入りそうなんだけど、確かにぽろぽろとピアノの音が、校舎のほうから」

「だ、誰か生徒が忍び込んで」

「さっきも言ったろ？　校舎の鍵という鍵は夜には全部閉まるんだ。それに、夕飯時や就寝前の点呼の時に不在だった生徒なんていなかった。それこそ大騒ぎになる」

「それだけじゃない」

慧も矢継ぎ早に言葉を重ねる。永人は飛び上がりそうになる衝動をぐっとこらえた。

「血を吐くんだよ」

「ち？」

「ピアノを愛用していた女の子が死んだって言ったでしょ？　その子……ピアノの鍵盤の上に血を吐いて倒れたんだって。その血が、今でも滴るんだよ。実際、見た生徒がいるんだ。鍵盤に、なぜか赤い色が付いているのを」

そう淡々と語る慧を、永人はまじまじと見つめてしまった。

「お前、それでよく音楽室に忍び込もうなんて考えたな」

「え？」

「しかもそんな怖がられているピアノを夜に弾こうなんて……普通いやだろ」

「あれ。そういえばそうだね。だけど永人君が困ると思ったから」

あっけらかんと言う。永人は呆れ返った。

こいつ、やっぱり見た目よりずっと図太い。むしろ昊のほうが〝呪いのピアノ〟を本気で怖がっていた。

ふっと、永人は息をついた。

「もういいよ。ピアノのことは自分でどうにかする。お前らには迷惑かけない」

「そんなわけにはいかないよ！　ね、一緒に考えよう永人君。解決策はあるはずだよ」

ないよ。激情に駆られた愚行は、大体痛い目見るんだよ。どの芝居の筋書きもそうだ。

とはいえ、口には出さなかった。代わりに、慧が生徒たちに好かれている理由が分かる気がした。永人の口元に苦笑が滲む。

昊の翳《かげ》りを帯びた目が、そんな永人のほうへ向けられていた。

六時の夕飯時、永人はそっと集会室を観察した。

整然と並べられた長机に、学年ごとに十数人の生徒たちが座って食事をする。今夜も、近所のおかみさんたちに紛れ、少年が三人手伝いに来ていた。用務員、多野柳一の一人息子も混じっているはずだ。多野一家は両親と息子の三人家族だという。

洋装の生徒や教職員たちとは対照的に、多野一家とおかみさんたちの面々は和装だった。そのため、ひと目で学校関係者と従業員の区別が付く。お茶の入った土瓶を手に立ち回る作務衣姿の少年らを見ながら、永人はふと思った。

あの恰好をすれば、昼間であろうと楽に抜け出せるんじゃないか？

そして就寝前の点呼は九時だ。永人は点呼を終えた舎監の深山《みやま》が自室へと引き上げ、宿舎内が完全に静かになるのを待ってから部屋を出た。足音を忍ばせて一階に下りる。

下足箱がある玄関口は閉まっているが、裏手の厠に行く通用口は四六時中開いている。回廊から一歩踏み出した。敷地内を黒々と塗り潰す夜の闇に、自分の足の形も溶け入ってしまう。

あたりは静まり返っていた。ここには、夜は眠るものと決めてかかっている人間しかいない。見世物の従順な小動物だ。だから点呼の後に抜け出すという、至極簡単なことすらしようともしない。

寄宿舎を回り込み、短い木立を抜けて校舎へと向かう。葉叢《はむら》の影が地面に落ちている。

校舎を前にして見上げた夜空には、十六夜を過ぎた月がぽかりと浮かんでいた。

学園内の見取り図を改めて頭の中に広げる。校舎や講堂、寄宿舎などの建物。広い運動場。それらすべてを囲む石塀は七～八尺（約二・一～二・四m）の高さがあり、正門はいかめしい鉄の門扉で閉ざされている。

また、敷地全体の緑は本物の森と見まごうばかりに繁っていた。校舎の窓から見ると、この学園が東京の只中にあるとはとても思えない。

とはいえ、こうして寄宿舎から抜け出ることは容易だ。さらには塀だってよじ登れない高さではない。用務員の多野も、まさか一晩中見回りをするわけではあるまい。

昼であろうと夜であろうと逃げられる。これが学園内で数日過ごして出した結論だった。

この確信は永人の気持ちを軽くした。こんな窮屈な、バカげた連中しかいない場所、いつでも逃げられる。それにここ神田区から浅草区までは徒歩でも一時間ほどなのだ。

こんなに近い！　永人は歯ぎしりした。

いつか母ちゃんを迎えに行く。そしてまた二人で暮らす――

砂利を踏む音がした。びくりと身体を強張らせる。見ると、左棟の陰から一人の人物が現れた。永人は息を呑む。

東堂広哉。

淡い月光を浴びた彼も、永人を見て驚いたようだった。しばし立ちすくんで睨み合う。

が、東堂はすぐにふっと肩をすくめた。

「まさか夜に出歩く生徒がいるなんて。つくづく君は変わってる」

それはお互い様だろ。

「点呼後の無断外出は禁止だよ。一応、生徒会長としては規律違反をした理由を訊いておこうかな」

「……散歩。です」

くく、と東堂が忍び笑いを漏らした。まるで信じていないのが分かる。そしていきなり話題を変えた。

「そうだ。聞いたよ。君、あの小菅君とやり合ったんだって？」

「はっ？　はあ。まあ」

「ピアノが弾けると言ったそうだね。それは本当？」

「……はい」

ちら、と東堂が校舎を見た。左棟の端に当の音楽室はある。各教室に面した廊下が、左棟の窓越しに闇に沈んで見えていた。

月光を照り返す窓を見つめていた東堂が、ぽつりとつぶやいた。

「檜垣君。君は生き残りたいかい？」

唐突な言葉。生き残る。永人は目を丸くした。

「これからの世は何が起こるか分からない。我が国は清、並びに露西亜《ロシア》を相手に見事勝利を収め、半島と満州を平定した。が、とたんに好意的だった米国は手のひらを返し、我が国を警戒している。欧州各国も今は持ちつ持たれつだが、今後どうなるか」

何を言い出すのか。永人は訝しげに東堂を見た。

「不穏なのは国外だけではない。国内もだ。僕はね、今の戦争による好況はいつまでも続かないと思っているよ。そして人の意識も……どんどん変わっていくだろうと」

「……」

「君はここの生徒たちよりずっと知恵がある。だが、生き残るには知識が必要だ」

「……知識」

「そう。生きるすべである知恵を、さらに強靭《きょうじん》にするのは知識だ。君は誰にも踏みつけられることなく、生き残りたいのだろう？」

「……」

「だったら、ピアノなどではなく、違う方法で彼らをやり込めるべきだったね」

「違う方法？」

東堂が振り返る。彼の見つめていた闇が、その瞳に宿っているように見えた。

「例えば、今年の二月、赤坂であった派出所襲撃事件を覚えてる？　犯人らは社会主義による理想国家建設を標榜する政治結社だった」

派出所襲撃。そんな話聞いたことがあるような、ないような。

「あの事件は、官憲の横暴な取り締まりに対する報復だったわけだ。警察側による功を焦るあまりの暴力行為、はたまた微罪をでっち上げて彼らを逮捕していることへの抗議」

「……」

「警察が言わば越権行為を犯し、そして冤罪を生んでいる。こんなやり方こそが社会を不安定にしている。こう考察する土台にあるものが知識。この実態を、明治の御代《みよ》から警察を叩いている報道関係者に訴えて世論を煽る。これが知恵」

ただの一生徒であるはずの東堂が、違う生き物に見えた。ぞく、と背筋にしびれが走る。なんだこりゃ。芝居か。見世物か。こいつは役者か。それとも――

「ん？」

東堂の声が上がった。永人は飛び上がる。

「ひえっ」

「静かに！」

彼の人差し指が唇に当てられる。月光を浴び、ほの白く輝いている。二人の間に闇をはらんだ静寂が満ちた。が、その狭間にとぎれとぎれに聴こえる音に、永人は目を見開いた。

「ピアノ？」

ぽろ、ぽろとささやくようにかすかだが、確かに音階を持った音が聴こえてくる。二人は顔を見合わせ、そろそろと左棟の角を曲がった。中庭に入り、すぐ手前にある音楽室の窓に近付いた。カーテンが引かれ、中の様子が分からない。窓に耳を押し当てた。

室内から弱い雨だれにも似た音が、ぽつん、ぽつんと聴こえる。途切れ途切れではあったが、この旋律には覚えがある。

「……『さくら』？」

「シッ！」

東堂の鋭い声が永人の呟きを制する。息を呑んだ瞬間、永人ははっと耳をそばだてた。

「声……？」

音よりもおぼろな声音が、ガラス越しに聴こえてきた。

あか、あか、みどり、あか、あか、みどり――

色？

ところが、窓に押し付けた頭がガラスを叩いてしまった。低い音を立てる。室内の声が途絶えた。しまった！

とたんに東堂の手が永人の口をふさいだ。そのまま強い力で引きずられる。

「！」

音楽室のカーテンがかすかに揺れた。細く開かれたのだ。永人は目を瞠る。カーテンの隙間から、学帽を目深にかぶった顔が覗いた。月光を浴びた帽章がきらりと光る。が、姿を見たのはほんの一瞬で、二人はすぐ横手の壁に張り付くように隠れた。息を殺す。

痛いほどの静寂が数秒続いた。やがて、カーテンが閉ざされる音がした。それきりピアノの音も絶えてしまった。

「……」

壁に張り付き、懸命に息を殺しながら、永人は声も出なかった。一瞬覗いた制服。学帽。相手の顔。間違いない。

この学園に来て、最初に出会った少年だった。

はつらつとした音色が室内に満ちる。永人は唱歌を斉唱するふりをしながら、ピアノを弾く中原春義の背中を見つめた。

奏でるのが嬉しくてたまらないといった風情だ。鍵盤の上を器用に跳ねる手は踊っているようだし、全身が楽しげに上下に揺れている。ピアノなど女子供が弾くものと思っていた永人には、いい大人であるはずの中原が意気揚々と演奏している姿が新鮮だった。

しかし、今はそれどころではない。音楽室をそっと見回した。夕べ、ピアノを弾いていた謎の少年の痕跡を探そうとする。

音楽室にいたのは〝いないはずの生徒〟だ。そう訴えた永人の言葉に、東堂は首を傾げた。

「一瞬だし、顔も学帽で半分は隠れていたが、確かにあんな生徒は千手學園にいない」

「慧も昊も心当たりがないって言うんです。だけど、俺は初日に言葉を交わしている！　俺の檜垣って名前も知ってた！　で、彼が俺に教えてくれたんだ。〝さかさまに気を付けろ〟って。だから俺は『生霊少年』のトリックに気付けた」

「檜垣君にそれを教えたということは……寄宿舎内のこともよく知っている……？」

眉をひそめた東堂が、「あ」と顔を上げた。

「もしや」

「えっ。な、なんですかっ？」

「……いや。でも、まさか」

それきり、何を訊いても東堂は答えてくれなかった。しまいには「さっさと部屋に戻るように」と言って寄宿舎へ帰ってしまう。残された永人は、しばらく音楽室の外で踏ん張っていたが、それきり音は鳴らなかった。カーテンも二度と動くことはなかった。

あれは誰だ。鍵がかかっているはずの校舎にどうやって入った？　どうしてピアノを弾いている？

生霊少年が弾く呪いのピアノ？　出来すぎだろ。

それにしても、目の前にあるピアノそのものには、おどろおどろしさなどまるでない。黒く細長い箱みたいな形もさることながら、天屋根や鍵盤蓋の角などは丸みを帯びており、どことなく愛嬌がある。やる気なく歌う生徒をものともせず、中原がうきうきと奏でる音色は明朗だ。

授業後、慧と昊とともに教室を出ようとした永人を、中原が呼び止めた。

「檜垣君。月曜は何を弾く予定なの？」

屈託のない表情の中原に言葉が返せない。あわてて慧が割り入った。

「『さくら』だそうです！　ね、永人君」

つられて頷いてしまう。顔を輝かせた中原が、自分の頬をしきりに引っ掻いた。

「いや、僕は嬉しいんだ。ピアノに親しんでくれる生徒がいて。……音楽の授業自体、無駄だという声もまだまだあるしね。男子には必要ない、女子供のものだと」

「……」

似たようなことを考えていた永人は頬をひくつかせた。そして、おや、と気付いた。中原の頬に、かすかだが緑の色が付着している。ついさっきまで、あんな色は付いていなかったはず。

「永人君、行こ、行こう！　中原先生さようなら！」

焦った慧の言葉に急かされ、中原に一礼して音楽室を出た。永人は中原の頬に付いた緑の色を頭の中で反芻《はんすう》し続けた。

緑。色。あの色、どこから現れた？

あか、あか、みどり——

廊下に出たとたん、慧がそっと耳打ちしてきた。

「永人君、夜の校舎に隠れてるって絶対いいと思うんだ。練習が終わったら、音楽室の窓から出て、寄宿舎に戻ればいいんだもん」

そんなうまくいくかよ。そうは思いつつも、例の謎の生徒のことを思い出してしまう。

あいつはピアノを弾くために夜の校舎に現れるのか。この校内に潜んでいれば会えるのか……？

ふと顔を上げた。独特の匂いが鼻先をかすめたのだ。

匂いのもとは音楽室と二つ教室を挟んだ美術室からだった。絵の具の匂いだ。開いている引き戸から中が見えており、壁には生徒たちが描いた水彩画がずらりと貼ってある。

それらの絵の真ん中に、赤い千代紙で作った花が貼り付けられている絵があった。年度末に行われた学園絵画展で金賞を取った絵だ。なんと慧が描いたという。

学園を描いた風景画だ。校舎を取り巻く瑞々しい緑色は、動き出しそうなほどの生命力にあふれている。慧にこんな才能があったとは。この絵を初めて見た時、永人は素直に感心した。今も、美術室の前を通り過ぎながら絵を見つめる。飾られた花の赤い色と緑の色の対比が鮮やかだ。

あか、あか、みどり——

夕べのひそやかな声音が、夜の闇とともに永人の頭の中で鳴り響いた。

＊

放課後。穂田潤之助は一人で左棟の廊下を歩いていた。端にある音楽室を目指す。

今日の最後の授業だった音楽室に、筆箱を忘れてきてしまった。授業が終わり、寄宿舎の自室に戻ってから気付いた。宿題ができない。そこで急いで校舎内に戻ったのだ。

二階の教室には人の気配があるし、窓越しに見える運動場には部活動に励む生徒の姿も見える。初夏の時節、夕刻の太陽はまだ高い場所にある。それなのに、自分の歩いている左棟の廊下だけ、やけに薄暗く感じられた。ぞく、と背中が寒くなる。

呪いのピアノ。愛用していた少女の無念が取り憑いているという黒く大きな楽器。

潤之助はあわてて頭を振った。バカバカしい。あんなの単なる噂だ。しかも血を吐く？

そんなわけがない。

だが、ここ最近、夜中に鳴るピアノの音を聴いたという生徒が複数現れていた。とはいえ、舎監を始め教師らはまだ知らないはず。あくまで生徒たちの間で広まっている話に過ぎない。が、それでも足取りが重くなる。やっぱり慧か昊に付いてきてもらえばよかった。

人形のように整った顔立ちの双子。それだけで学園のマスコットとしても十分なのだが、慧は優しく、昊は頼もしい。二人は学園中の生徒たちに好かれていた。そんな彼らと幼馴染みであることは、潤之助のひそかな自慢だった。

だけど。潤之助の脳裏に、ここ千手學園に突然現れた少年の姿がよぎる。

浅草の見世界隈を根城にしていたという檜垣永人。出自の複雑さのせいか、隠しきれない粗野な感じがある。が、それが抗いがたい魅力になっているのも事実で、彼のふとした目つき、言動の一つ一つに凄みがあった。千手學園の誰も敵わないと思わせる。

そんな永人に、最近の慧は付ききっきりだ。彼の護衛役を自任する昊もしかり。ここ数日、あの三人はいつも一緒に行動している。当然、注目の的だ。

あーあ。潤之助は知らずため息をついた。

なんであんなやつ、この学園に来ちゃったんだろう。

「……」

ああ、そうか。潤之助は思い出した。

檜垣永人の義兄である檜垣蒼太郎が行方不明になったせいだ。そのため、彼は檜垣家に無理に入籍させられたと聞いている。

檜垣蒼太郎。

あの人もどうしてあんなことに——

「ヘックシュッ」

くしゃみが出た。気付くと、音楽室を前にして立ち尽くしていた。何やってんだ僕。さっさと筆箱を探して戻ろう。

音楽室の引き戸に手をかけた。とたん、がた、と中から音がした。えっ？　戸を開けかけた潤之助の手が止まる。

「誰かいるんですか？」

とっさに声を上げた。が、返事はない。教室は前方と後方にある引き戸以外は漆喰の壁で、中の様子が分からない。気のせい？　おそるおそる、「失礼します」と言いながら引き戸を開けた。

右手の教壇、左手に並ぶ机と椅子、戸の突き当たりの窓際に置いてあるピアノ。誰もいない。なんだ、やっぱり勘違いか。

急いで中に入り、手前から二列目、二番目の席を見た。案の定、机の上には筆箱が載っている。よかった。ホッと息をついてその小さい木箱を手に取った時だ。

異質なものが視界の隅に映った。えっ？　顔を上げた潤之助は足をすくませた。

閉じられた鍵盤蓋から何かが滴っていた。棚板にその何かが筋を引き、床にぽた、ぽたと垂れている。――赤い色。

血。

「……」

後ずさった。ガタッと痛いほど鋭い音を立て、椅子がひっくり返る。その音が潤之助の混乱をさらにあおった。

「……呪い」

呪いのピアノ。

とっさに駆け出した。腰が机にぶつかり、派手な音を立てるが気にする余裕もない。

「だ、だ、誰か」

喘いだ。恐怖で頭が真っ白になる。

「ピ、ピアノが」

ピアノが血を吐いた!

＊

ピアノが血を吐いた。真っ青になって寄宿舎に戻ってきた潤之助の言葉を聞いて、中庭にいた永人たちは顔を見合わせた。日本庭園もどきの池の中で、今日も数匹の錦鯉が優雅に泳いでいる。

「ジュン、本当？　見間違いじゃなくて」

首をひねった慧に向かい、潤之助が必死の形相で頷く。

「み、見た、タラーッて、ふ、蓋の中から」

「行ってみよう」

永人はすぐに歩き出した。慧も後に続く。

「慧！」

「ええっ行くの？」

昊とほとんど悲鳴に近い潤之助の声を無視して、寄宿舎を出た。

部活動や課外授業をしている生徒のため、校舎はまだ開放されている。彼らや教職員たちがすべて寄宿舎や自宅に戻ってから、用務員の多野が校内見回りを兼ねて鍵を閉めるのだ。

潤之助が大騒ぎしたせいで、中庭にいた生徒や騒ぎを聞きつけた生徒たちも音楽室に集まり始めた。彼らの怖れと期待を背中に浴びながら、永人は音楽室の前に立った。軽く木の引き戸を叩く。返事はない。

「失礼します」

引き戸を開ける。背後にいる生徒たちがぐっと息を呑む。

室内には誰もいなかった。暗がりをはらみ始めた黄昏の陽が、カーテン越しにピアノの黒い姿を照らしている。永人は目を凝らした。

「えっ⁉」

潤之助が短く声を上げた。

滴る血などどこにもない。ピアノがいつもの場所に鎮座しているだけだ。

「嘘！　さっきは本当に血を吐いていたんだ、タラーッて滴ってた！」

甲高い潤之助の声を背に、永人はピアノに歩み寄った。足元を見て眉をひそめる。

木の床の色が少し変わっている。湿っているのだ。何かを拭いた痕？　鍵盤蓋に手をかけた。永人の動きを見つめる生徒たちが息を詰める。

「あれっ」

ところが、思わぬ抵抗があった。蓋に鍵がかかっている。慧が背後から手元を覗き込んだ。

「えっ？　今まで鍵盤蓋に鍵がかかっていたことなんてないのに」

「ど、どうしたの？」

戸口で声が上がった。生徒たちが振り返る。

蒼白な顔色の中原が立っていた。生徒にいっせいに見つめられ、もごもごと口を動かす。

「な、なんでみんなここに」

「先生！　このピアノ、血を吐いたんです！」

「えっ」

「先生、鍵は？　鍵盤の蓋が開かないんです」

「え、えっ」

「確か、いつもは鍵盤蓋に鍵なんかかけてませんよね。だけど、なぜか今は鍵がかかっている。先生、鍵盤蓋の鍵はどこですか」

あ、と中原が口ごもった。視線をそらすと、小刻みに身体を揺らす。

「そ、それが……なくなって」

「え？」

「僕もさっき気付いたんだ」

鍵が盗まれた？　永人は素早く考えを巡らせた。

滴る血が潤之助の勘違いでもなく、この床から何かが拭き取られたのだとしたら。

「先生から鍵を盗んだヤツがいる。おそらくそいつが故意に赤いものを撒き、鍵盤蓋を閉めた。床を拭き取ったのもきっとそいつだ」

「だ、誰がそんなこと？　なぜ？」

「理由はまったく分からない。だが、一つだけ言えることがある」

「何？」

「これは呪いなんかじゃねえ。人間の仕業だ」

慧が目を輝かせた。昊もぐっと永人を見つめる。

「中原先生！」

その時、廊下を駆けてくる人物がいた。教師の海田虎八《うみたとらはち》だ。貫禄のある体形は柔道家のようでもあるが、数学教師だ。どすどすと巨体を揺らして中原のそばに駆け寄る。

「先生、近所の小僧さんが使いでやって来て。ご母堂が心の臓を押さえて倒れたとか」

中原が息を呑む。生徒たちをかき分け、あたふたと駆けて行ってしまう。残された生徒たちを、訝しげに海田が見回した。

「何やっているんだお前ら。部活動の生徒ではないな？　宿舎に戻らんか！」

巨体から発せられる声がびりびりと廊下に響く。生徒たちはたちまち四散した。あの声で「この数字、如何なるや！」と叫ぶのだから、計算できるものもできなくなる。

「ほらお前たちも！　早く戻れ！」

残った永人たちを急かしてから、海田も廊下を去って行った。慧に袖を引っ張られた永人が音楽室から離れようとした時だ。

「理由なら分かるぞ」

背後で声が上がった。小菅幹二だった。両脇には常に付いて回っている浅尾《あさお》と中澤《なかざわ》も立っている。お前ら、神社の狛犬《こまいぬ》か。

例のにたついた笑みを浮かべながら、幹二が永人を指さした。

「お前だろ。犯人は」

「ハア？」

「動機はお前が一番持っているだろうが。ピアノが使えなくなれば、生徒たちの前で弾いてみせるという約束もナシになるのだからな！」

「……」

確かに。幹二クン頭いい！

と、言いたいところだが。

「残念だが俺は犯人じゃない」

「ふん！　ほざけ！　じゃあ誰がこんな無駄なことをする？　ピアノごとき毀損したところで、お前以外の誰に得がある」

「もう、幹二君、なんでそんな意地悪言うの？　僕だって学年長として怒るよ？」

顔を真っ赤にした慧が幹二に詰め寄った。大きく潤んだ目に睨まれ、さすがの幹二もうろたえる。が、すぐに、にいっと笑った。身体の大きさは幹一の半分しかないくせに、その邪悪な笑みは兄貴そっくりだ。

「君こそ、本当は学年長にふさわしくないんじゃないのか？」

え？　と慧が声を上げた。とたんに昊が兄と幹二の間に割り入った。

「何が言いたい。小菅」

「ハハハ！　君たち双子は、どっちが金魚のフンなのかまったく見分けが付かないな」

「なんだと？」

「僕は知っているんだぜ、昊。この前の学園絵画展のこと」

昊が顔色を変えた。幹二に摑みかかろうとする。「昊！」慧が叫んだ。

「Shut up! You're really an ass! Lick me ass!」

永人の口から突然出てきた英語に、一同がぎょっと振り向いた。幹二がぽかんと口を開く。永人はそんな彼の目の前にずいと踏み出すと、一語一語、ゆっくりと言ってやった。

「You're really an ass! Lick me ass!」

それから幹二を真似て、にいっと笑って見せた。

「な？　頼むよ。俺も君にそんなことはさせたくない。ケンカすんのやめようぜ。それに、俺が犯人を見つける。それでいいだろ？」

「はっ？」

「俺がピアノにおかしなことをしているヤツを見つけるから。そしたら小菅クンも、慧や昊にヘンな言いがかりを付けるのはやめてくれよ」

「な、な、何を勝手な。なんで僕がお前などに指図されなくては」

幹二の肩を強く抱き寄せた。全身を強張らせた彼の耳元にそっとささやく。

「知ってるぜ。二月の派出所襲撃、冤罪を恨む連中の仕業なんだろ?」

「……」

「このへんの事情、ちょいとうるさいブンヤにタレこんだら、庶民はどう反応するかねえ。日比谷の焼き討ち事件の悪夢、再び。な~んてことになったりしてな」

口から出まかせだ。報道関係者に知り合いなど一人もいないし、警察署や派出所が市民に襲撃された焼き討ち事件も人づてに聞いたことがあるだけだ。が、幹二には十分効いたらしい。尻に火が点いた勢いで永人から離れると、「貴様!」と怒鳴った。

「き、き、きさまーっ、き、キーッ」

「き、き、きんかん! あ、しりとり負けた! はい、じゃあそういうことで。犯人は必ず見つけるから。そしたらみんな平和になるだろ。仲良くやろうぜ、小菅チャン」

泡を食った三人がほうほうのていで廊下を駆けていく。最後に残されたのは永人、来碕兄弟、潤之助の四人だった。

幹二の姿が左棟の角を曲がると同時に、慧が激しく永人の腕を揺さぶった。

「な、な、永人君! さっきの何、なんて言ったの? 英語の先生より発音がきれい!」

「お前……本当は英語が分かるのか?」

永人は肩をすくめた。

「俺が言えるのはあの英語だけだよ」

「え」

「浅草で定期的に興行をかける米国人の興行師がいてさ……奇術団を引き連れて日本全国を回ってんだけど。こいつがひどい酒飲みで、酔っ払うといつもああして怒鳴り散らすんだ。だからあの言葉だけ耳で覚えちまった」

「だからあんなに発音がきれいなんだね？　すごい！　ねえ、なんて言ってるの？」

「……」

興行師とずっと組んでいる日本人の奇術師から意味を聞いたことがある。神聖な学舎内ではとても口にできない言葉だ。永人は笑ってごまかした。

「犯人を見つけるって……ど、どうするの」

横から潤之助が怖々と訊いてくる。

「やるしかないな」

「えっ」

「校舎に隠れて夜を待つんだ」

この一連の奇妙な出来事に、あの謎の生徒はきっと関わっている。捕まえるしかない。

慧が身を乗り出した。

「僕も隠れる！　一緒に犯人を捕まえよう！」

「慧！　お前はダメだ、何があるか分からないんだぞ」

「そんなの永人君だって同じでしょ、一人より二人のほうがいいよ絶対」

「慧！　じゃ、じゃあ……じゃあ、僕がこいつと一緒に隠れる！」

え。三人全員が昊の顔を見た時だ。

「あー。騒ぎは落ち着いたかな」

低い声音が混じった。見ると、美術室の戸口から長身の男が顔を覗かせている。たくさんの色が点々と散らばる美術用作業着、天然の巻き毛と相まって、どこか浮世離れした佇まいだ。

美術教師の千手雨彦《あめひこ》だ。その名の通り千手一族の一人で、昨年まで巴里《パリ》に留学していたという経歴の持ち主。とはいえ、教職に大した熱意も見せず、生徒にはいつも好き勝手に描かせているような教師だ。

「先生？」

現れた美術教師のほうに昊が駆け寄った。おや。永人はふと昊の背中を見た。声音が違う。いつもの無愛想な感じではない。

「美術室でも何かありましたか？」

「うーん、まあ音楽室の騒ぎに比べれば大したことじゃないんだけどね」

ぽりぽりと頰をかく指先に、黄色い絵の具が付いている。その色が、彼の頰にかすかな痕を残していた。あ。永人の中で何かが閃く。

「絵の具がね。盗まれているみたい」


闇に沈む音楽室の天井を振り仰いだ。永人の隣で机の陰に潜む昊が、懐中時計を制服のポケットにそっと戻す。

「……もうすぐ十一時だ。まだ来ないのか」

「俺に訊くな。あの生霊少年に訊け。夕べはもっと早かったんだけどな」

「本当に見たのか？　その生徒」

「東堂も……東堂先輩も一緒に見たんだぞ。あいつはこの学園のどこかに必ずいる。というか、お前は別に寄宿舎に戻っていいんだぜ」

「ここで僕一人が戻ったら、慧が代わりに行くってごねるに決まってる」

むぅ、と唇を突き出す昊の頬に、ほんの少し開いたカーテンから射し込む月光が落ちている。秀麗な頬の形に沿って、なだらかな弓状を描いていた。

六時の夕飯、九時の点呼を終わらせてからここ音楽室に潜み、二時間ほど経っている。

夕飯も点呼も終えてから校内に忍び込めたのは美術教師の千手雨彦のおかげだ。

ピアノの「呪いの噂」の真相を解き明かしたい。そう言う永人らの言葉を聞いて、あの美術教師はこともなげに言ったのだ。

「じゃあ、僕が忘れ物をしたと言って多野さんに鍵を開けてもらおう。で、一緒に美術室を探してほしいと頼むよ。僕らが中にいるうちに、君たちは音楽室に潜めばいい」

千手雨彦も寄宿舎の四階に住んでいるのだ。個室もある四階は独身寮も兼ねている。彼のおかげで夕飯は食べられたし、長時間潜む必要もなくなった。が、まんまと多野を騙した後、自分はさっさと寄宿舎に引き上げてしまうのだから、とんだ不良教師だ。

また、雨彦曰く美術室から盗まれたものとは、ほぼ使い終わっている水彩絵の具のチューブが数色と、質の悪い溶き絵の具用の赤い色粉だという。被害はないに等しい。

「変なヤツ。あの美術教師」

「いい先生だ。千手先生は」

硬い声で昊が答えた。ふと、永人は彼の横顔を見た。

「なあ。幹二が言ってた絵画展ってなんだよ」

「……」

「慧が金賞取ったんだろ?」

ふう、と昊はどこか大人びたため息をついた。

「僕が描いたんだ」

「えっ」

「校内の絵画展……金賞を取った慧の絵は、僕が描いた」

「なんで」

と訊きかけて、妙に納得する。守られる慧と、守る昊。この双子の間では当然のことなのかもしれない。

「ああ。じゃあもしかして、部屋に貼ってあった花の絵を描いたのもお前か。そうか。お前、絵が上手いんだな」

昊が顔を上げた。かすかに震える目で永人を見る。が、すぐにうつむいてしまう。

「……祖父が生まれ育った地域には古い因習がたくさんあるんだ。双子もその一つ」

「因習？　どんな」

「双子は不吉なものとして忌み嫌われていたんだよ。そういうの、聞いたことあるだろ」

「あるけど……そんなの迷信」

「だから弟を殺す」

言葉を呑んだ。殺す。淡い月光と相まって、やけに呪術めいて聞こえる。

「僕は、生まれてすぐに死ぬはずだった」

「……」

「だけど僕たちが生まれた時、両親はそんな前時代的なことはどうかやめてくれと祖父に泣いて頼んだ。娘と婿養子のあまりの熱意に、祖父はとうとう折れた。……でも、母はそれから一年もしないうちに亡くなった。産後の肥立《ひだ》ちが悪くて」

「……」

「今でも僕は祖父に嫌われている。最愛の一人娘を奪った不吉な子だと」

なんと言えばいいのか。昊の姿が、どんどん闇に埋もれていく。

「僕は慧をなんとしても守る。彼が喜ぶから、運動も学業も僕が一番になる」

「……だから？　兄貴が喜ぶから、彼の代わりに絵を描いたのか」

「祖父に左利きを矯正された。けど、どうしても絵だけは左手なんだ。慧の名で出した絵は左手、僕の名で出した絵は右手で描いた」

「いいのかよ。お前はそれで」

再び、昊が永人を見た。

「絵は、慧の担当なんだよ」

「……」

「僕は運動と学業。慧は絵と音楽と……友達」

「……」

「これで二人とも、いい子だ」

おい。思わず怒鳴りそうになった時だ。

がた、と音楽室の戸が動いた。はっと二人は息を呑み、机の陰に身を隠した。

そろりそろりと引き戸が開く。細く開いた隙間から、一つの人影が滑り込んできた。目深に学帽をかぶった制服姿の少年。手には小さいカンテラと、二つ折りにした紙を持っている。カンテラのささやかな灯りに、少年の整った顔立ちが浮かび上がっていた。

教卓にそっと近付いた少年が物入れに手を入れた。やがて小さく光るものを取り出す。

永人は目を瞠った。

鍵だ。

息を詰めて様子を窺う永人と昊の目の前で、少年が鍵盤蓋の鍵を開けた。蓋を持ち上げ

――

「う、わあっ!」

「世を乱す悪党め!　名を名乗れ!」

驚いて彼が飛び退いたのと、昊が役者張りに声を上げたのは同時だった。少年がカンテラを放り出しそうになる。

「えっ!　な、なんだあんたたち」

「それはこっちのセリフだ。貴様こそ――」

言いかけた昊が、現れた鍵盤を見て「わっ」と後ずさった。

鍵盤は一面が真っ赤だった。血が噴き出たみたいに。

「ち、血!」

後ずさった昊が、永人ごと机の中に倒れ込みそうになる。

「落ち着け昊！　お前、慧の探偵小説に影響されすぎなんじゃねえの？　あれは美術室から盗まれた溶き絵の具だよ」

「え、絵の具……」

きょとんと永人を見た昊が、はっと少年を振り返った。

「ピアノにいたずらしていたのは貴様か？　夜中にピアノを弾いていたのも貴様か！」

「そんなことより、雑巾！」

「ハッ？　雑巾？」

「ピアノがダメになったらどうする！　教室の後ろに雑巾があるから、早く」

少年の勢いに圧され、つい永人も教室の隅に目をやった。確かにバケツがある。

「バケツはある。けど……雑巾はないぞ」

「えっ？　そんなわけない。いつもなら三枚くらい」

焦った少年がバケツに駆け寄ろうとする。永人はその手首を取り、半ば倒すように引き寄せた。

「痛っ」

謎の少年が永人を振り払おうともがく。が、ひと回り細いせいで押さえ込むのはわけない。永人はまじまじと相手を見た。

「お前……誰だ？　その制服は千手學園のものだけど……学園の生徒じゃねえな」

「……」

「だけど初めて会った時、お前は俺の名を知ってた。そして東堂たちのいたずら、『生霊少年』のトリックも知ってた。誰だ？　お前」

ふんと少年がそっぽを向く。真っ赤に染まった鍵盤をぎろりと睨んだ。

「あれ、あんたたちがやったの」

「まさか。やったのはお前……でもないな。さっき赤い色に染まった鍵盤を見た時、本気で驚いてた」

「当たり前でしょ。あんなこと私がするわけない！」

私？　ぎょっと永人は手をゆるめた。すかさず少年が離れる。あっと追いかけようとする昊を永人は制した。

「待て、昊」

「なぜ。こんな不審者、放っておけるか？」

少年が黒板のほうへじりじりと後退する。その蒼白な顔を見ながら、永人は慎重に切り出した。

「鍵盤蓋にいつもは鍵がかかっていない。お前が先生から鍵を盗んでかけたのか？」

「違う。……鍵をかけたのは中原先生」

「先生が自分で？　なぜ、そんな」

昊が首を傾げた。永人は少年が持ち込んだ二つ折りの紙を指した。

「なあ。それ、見ていいか？」

少年は少し戸惑った。が、すぐに頷く。夜の音楽室に侵入していたことが知られた以上、抵抗できないと観念したのかもしれない。

教卓の上に放り投げられた紙を手に取り、広げた。横から覗き込んだ昊も目を瞠る。

「これは」

「……やっぱりな」

記憶を辿る。

夜のピアノの音。あか、みどりという声。音楽室にいた〝いないはずの生徒〟。中原の頬に付いていた緑色。血を吐くピアノ。床を拭き取った痕。閉ざされた鍵盤蓋。盗まれた絵の具。

紙面を見た昊が、感心したようにつぶやいた。

「音ごとに色分けしているのか」

紙に書かれていたのは、中原が手書きしたと思しき楽譜だった。『さくら』と題され、一音一音、音符の上に色が丸く塗ってある。最初と次の音は赤。そして緑。

あか、あか、みどり――

あの声は、この色を復唱していたのだ。

「美術室から絵の具を盗ったのは中原先生だ。鍵盤に色を塗るために」

「え？　中原先生が？」

「先生はお前に、ピアノを教えてあげようとしていたんじゃないのか？　だから色付きの鍵盤を隠すために、蓋に鍵をかけるようになった」

真っ直ぐ斬り込んだ。少年が目を見開く。「教える？」昊が声を上げた。

「先生が……？　なぜ」

「だけど、生徒や同僚の手前、おおっぴらにするわけにいかない。それで、まずは色で音階を教えることにした。自分が直接指導しなくても分かるように」

「じゃあ、時々赤い色が付いていたってのは」

「拭き残しだな。今日も先生の頬に緑の色が付いていた。なぜか。……答えは簡単。彼の指先だ。自分で引っ掻いた時に色が付いたんだ。美術教師みたいに」

一瞬、昊の目が遠くなる。千手雨彦の佇まいを思い返したのかもしれない。

「とすると、中原先生の場合、どこに触れれば指先に一番色が付く？……鍵盤なんじゃないか。緑の色が拭き切れずに鍵盤に残っていたんだ」

「じゃあ潤之助が見た滴る血っていうのは……」

「おそらく、今日も先生は練習の準備をしていたんだろうよ。だけど突然潤之助がやってきて、赤い溶き絵の具を鍵盤の上にひっくり返しちゃったんじゃないか。だからあわてて鍵盤蓋を閉めて机の陰に隠れた」

「潤之助が音楽室に入った時、実は中原先生が隠れてたってことか？」

「で、乾いていない赤絵の具が滴るのを見て、潤之助は逃げ出した。その隙に先生は鍵盤蓋を閉めて鍵をかけ、校舎の水道場で雑巾を濡らし、あわてて床を拭き取った。目に見える赤い色をまずは隠さなきゃならないからな」

「……赤い色が残っていれば、この秘密の練習のこともバレてしまうからか」

「雑巾がないのはそのせいだよ。校舎のどこかに、真っ赤に染まった雑巾が放り捨てられているかもしれない。丹念に洗う余裕なんかなかっただろうからな」

うつむいたままの少年を見た。

「鍵は、いつもその教卓の物入れの中に入れておくって決めてたのか？」

「……」

「騒ぎになったから、先生はとっさに盗まれたって嘘をついたんだろうな」

「夕方……音楽室で騒ぎがあったっていうのは知ってた……だけど、何があったのかは分からなくて……先生はお母さんの具合が悪くていなくなっちゃったし」

　本当は騒ぎが収まってから、中原は改めて鍵盤を拭き直すつもりだったに違いない。が、自分の母親が倒れ、急きょ帰らなくてはならなくなった。

「君は、誰だ？」

　昊が声を上げた。真剣な顔で少年を見る。

「先生はなぜこうまでして、君にピアノを教えたかったんだろう？」

　少年の唇がかすかに震える。永人と昊から目をそらすと、赤く染まったピアノを見た。

「私が……ピアノに興味があるって気付いたから。嬉しいなって。男の子に興味を持ってもらえるのが嬉しいって――」

「私？」

　空気が張り詰めた。少年が自分の口を手でふさぐ。二人を振り返ったその顔は、気の毒になるくらい怯えていた。

　が、驚いているのは昊も同様だった。目を丸くして相手を見る。

「君……まさか」

「……」

「だ、だけど……寄宿舎の厨房はともかく、校舎内に女性が立ち入ることは許されていないはず。例外は用務員の奥さんが」

　はっと昊が震えた。とっさに少年が学帽を押さえ、顔を隠す。

「まさか、用務員の」

名前を覚えていないのか、昊は言葉を続けられない。代わりに永人が言った。

「多野さんの息子……じゃない、娘なんだろ。お前」

「……」

「娘……？　そんなバカな。女が男と偽っているということか。なぜ」

学帽を押さえる手が震えている。女の子と分かったせいか、やけに華奢に見えてきた。

はは、と永人は笑った。少女と昊がともに飛び上がる。

「いや。確かに学園内で制服姿だったら、そうそう正体はバレない。人は大ざっぱな情報で相手を見分けるからな。洋装と和装。生徒と用務員。男と女」

「……」

「チッ。目に見えるものをそのまま信じちまうなんて、俺もまだまだ甘いや」

校内の一室に住み込んでいる多野家であれば、鍵がかかろうが自由に行き来できるのは当然なのだ。

まだ信じられないという顔で、昊が口を開いた。

「君……このままずっとそうしているつもりなのか？　そんな、髪まで切って」

確かに、ダンスホールの従業員や芸人などにも髪を短くしている女性はいる。が、せいぜい耳の下で切りそろえているくらいで、目の前の少女のように短く切っているなど考えられない。

ぎっ、と少女が顔を上げた。大きな目が潤んでいる。その迫力に、昊が息を呑んだ。

「あんたに何が分かる！　男で、金持ちで、健康で……何でも持ってるあんたなんかに言われたくない！」

「……」

「中原先生だって、私が女だって分かったらきっとガッカリする、だって先生は男の子にピアノを愛してほしいって思っているんだから！」

大きな瞳が震え、はたはたと涙がこぼれ落ちる。

「どうしてよ……どうして分からないの？　どうして、自分たちがとても幸せなんだって気付かないの？　私だって……私だって自由にピアノが弾きたい！」

きびすを返し、少女が教室から飛び出した。あっと昊が叫ぶ。軽い足音が、またたく間に学舎から消えていく。

永人は昊と顔を見合わせた。彼女が置いていったカンテラが、手書きの楽譜を淡く照らしている。

「……どうする」

小さく昊がつぶやいた。けれど、自分でも何を訊いているのか分からないようだった。

あの子のことをどうする。音楽室の騒動をどうする。明日から、何もかも、どうする

――？

肩をすくめた。ピアノを見る。

「とりあえず、あの赤いの拭き取ろうぜ」

「……」

「ピアノが弾けなくなったら、悲しいだろ」

誰が。と昊は訊かなかった。永人も言わなかった。

「雑巾なら美術室にある。取ってくる」

昊が音楽室から出ていく。寂しげな足音が、消えた少女と似ている。ふと、永人は思った。

翌朝の集会室。ふてくされた表情の慧が昊の隣に座っていた。

夕べ、永人と昊はピアノをきれいにして、音楽室の窓から寄宿舎に戻った。昊は永人との約束を守り、深夜にもかかわらず待っていた慧に何も話さなかったらしい。

恨みがましい目つきで慧が永人を睨む。

「夕べ何があったか、昊ってばちっとも教えてくれないの。永人君が話すまでって」

「うん。もうすぐな」

「もう！　ずるい！　やっぱり僕も行けばよかった。僕だけ仲間外れ」

ご機嫌斜めの慧に苦笑しつつ、永人はそっと集会室を見回した。

配膳台のそばに少女が立っている。地味な作務衣姿。目元が少し腫れぼったく見えている。

とはいえ、彼女は感心するほど自分の気配を消していた。事実、生徒の誰もが彼女の存在に気付かない。昊だって用務員一家の名字すら覚えていなかったのだ。

見えないもの。けれど確実に存在しているもの。その落差。永人は夕べから、東堂の言葉を繰り返し思い出していた。

生き残りたければ、知恵と知識を持て。

生き残る――

集会室の戸口に人影が現れた。中原だ。緊張した顔つきで入ってくる。気付いた少女の表情も強張った。

校舎の鍵はすでに開錠されている。きっと朝一番に音楽室に駆け付けたのであろう。が、赤い色がきれいに拭き取られた鍵盤を見て、すべてが露見したと思っているに違いない。

考えてみれば、一昨日も彼は朝の寄宿舎に顔を見せていた。本来は用事などないはずなのに。あの時、立ち働いている少女に自作の楽譜を渡していたのではないか。

「あ、あの」

か細い中原の声に、全員が振り向いた。「先生？」舎監の深山が声を上げる。

「朝からどうしました。何かご用ですか」

「いえ、あの……実は、昨日の騒ぎは」

その声を遮るように、永人は立ち上がった。隣の長机に座る小菅幹一のほうへ歩み寄る。

「先輩」

突然話しかけてきた永人を、幹一がぎょっと振り返った。

「な、な、なんだ貴様、や、やるのか」

「一昨日は、申し訳ありませんでした！」

頭を下げる。「は？」幹一の間抜けな声が上がった。

「先輩の父上のことを侮辱しました。その上、ピアノを弾けると嘘をつきました。申し訳ありません！」

「永人君っ？」

慧の声が上がる。ざわめきがじょじょに室内に満ちていく。

余裕を取り戻したのか、ねちっこい幹一の声が頭上から降ってきた。

「ほう。つまり貴様は、卑劣にも嘘をついたと認めるのだな」

「はい。自分の未熟さを棚に上げ、卑怯な振舞いをしました」

「ほほう。では神聖なるピアノを汚したのも、貴様の――」

「それは僕です！」

幹一の言葉をぶった切り、強い声音が飛んだ。永人は驚いて振り返った。

昊が立ち上がっている。目を丸くした一同をものともせず、その場で頭を下げた。

「檜垣君が困ると思い、僕が美術室から盗んだ赤絵の具を鍵盤に撒きました。中原先生、千手先生、申し訳ありませんでした！」

中原が口をぽかんと開けて立ちすくんでいる。それは少女も同じだった。震える瞳で永人、それから頭を下げる昊を見つめる。

集会室の片隅で黙々と箸を動かしていた千手雨彦が、にやりと笑った。

「では檜垣永人君、来碕昊君。今日から一週間、二人で美術室と音楽室の掃除をするように。それでいいですね、中原先生」

「えっ？　いえ、あの」

「それから中原先生！　俺にピアノを教えてください！」

永人の言葉に、中原が目を見開いた。

「放課後、短い時間でいいです。俺、ピアノが習いたいです。お願いします！」

うん、と中原が頷いた。うん、うんと首を動かすたび、瞳がきらきらと輝き出す。

「もちろんだよ……！　喜んで」

「俺の友人も誘っていいですか」

「当然だ!」

さりげなく視線を向けた。彼女と目が合う。黒目がちな瞳が震えるように潤む。

けれど夜の闇の中のそれと違い、朝の陽射しの中で、明るく光っていた。

＊

集会室は先ほどから大騒ぎだ。まったく、と東堂は笑った。

「檜垣君はまるで鉄砲玉だね。狙った相手の心臓に食い込んで離れないらしい」

「お前も気を付けろよ」

黒ノ井の言葉に、東堂は唇の端を上げるだけで答えた。

「ところで広哉。これで音楽室の件は解決か？　本当にあいつらが全部やったのか？」

「さあ。でも……」

部屋の隅で、近所のおかみさんたちに紛れて黙々と働く多野母子を見る。母と一人息子。

どちらも一見地味ながら、よくよく見ると非常に整った容姿をしている。

「なぜ、あの子はこの学園の制服を持っているのかな」

「え？」

訊き返した黒ノ井の声をよそに、東堂は少年をじっと見た。

「ふふ。面白い。ワクワクするね」

生徒たちの人気者、来碕慧が「永人君、どういうこと!」と叫ぶ。多野の息子がぱっと顔を上げ、慧の視線の先にいる永人を見た。その表情に、東堂の目が釘付けになる。

この上なく美しく、輝いていた。

第三話「千手歌留多」

雨彦に命じられた罰掃除を終えた放課後、永人は音楽室にいた。すぐ隣には多野乃莉生《たののりお》が緊張した面持ちで座っている。

とはいえ、乃莉生とは偽名で、彼女の本名は多野乃絵《のえ》という。用務員、多野柳一の一人娘だ。

一年ほど前、父が千手學園の住み込み用務員の仕事を紹介された際、子供が女であると採用されない可能性があると聞かされた。原則、女性は立ち入り禁止なのだから当然だ。住む場所があてがわれ、給金も高い。千手學園での仕事は多野一家にとって非常に魅力的だった。そこで乃絵は自ら髪を短く切り、少年の振りをすると決めたという。

「ほ、本当にいいの……？　私までピアノを習って」

もちろん、今の乃絵はあの制服姿ではなく、作業用の作務衣姿だ。すでにこの質問は三度目。永人は肩をすくめた。

「だからいいんだって。学園長も了承してくれたんだから」

「だけど」

実際、一介の従業員に学園の財産であるピアノを使って教える道理はない、という声もあった。これを怖れていたせいで、中原は内密に乃絵にピアノを教えようとしていたのだ。だから永人は声を上げた。生徒である自分に教えるついでであれば、乃絵を同席させても構わないだろうと。これには昊も加勢してくれた。

「僕も一緒に習います」

彼がこう直言した時、誰もが驚いた。優秀ながら、本人は目立って前に出ることもなく、病弱な兄のお守り役に徹していた昊。その彼が突然、自己主張したのだから。

が、一番驚いたのは慧だった。そこで、弟に間髪を容れず、あわてて宣言した。

「僕も習う！」

それでも渋る学園長を説得してくれたのは、意外にも東堂広哉だった。彼はわざわざ学園長室に赴き、こう言ってくれたのだ。

「身分の差を超え、市民全体の教養を深めることはこの国を強く鍛えることに繋がるでしょう。……音楽がなんの役に立つかって？　心臓を撃つのは鉛や鋼だけだとお思いですか、学園長？」

そんなわけで、ピアノの特別授業は無事開かれることが許可された。一番喜んだのは、誰あろう中原である。今、永人は乃絵と二人で中原が来るのを待っていた。来碕兄弟は、寄宿舎の集会室で臨時の学年長会議があるとかでまだ来ていない。

中原を待つ間、小菅兄弟とのピアノを巡る騒動を聞いた乃絵は心底呆れた顔をした。

「弾けもしないくせに、弾けるって答えたの？」

「イエスって言っただけだ」

「分かってて言ったんでしょ！」

「ケンカ売られて逃げるかよ。男が腐っちまわぁ」

「ふん。腐っちゃえばよかったのよ。バカね」

手厳しいが、ぽんぽんと小気味いい声音が飛ぶ。

「うるせえな。お前こそ、なんで中原先生にピアノを教えてもらうことになったんだよ」

「……一度、掃除中に鍵盤を押してみたことがあるの」

多野一家は生徒たちの授業中、そして日曜日に校内中を清掃して回っている。年末には、やはり近所のおかみさんたちを総動員して大掃除するという。

その時のことを思い出したのか、乃絵が顔を輝かせた。

「ぽん、って音が私の指先から出た時、なんて幸せなんだろうって思った」

「幸せ？」

「なんでもない、つまらない私の指なのに、触れて押すだけでこんなきれいな音を出してくれる。そう思ったら、すごく幸せな気持ちになったの」

「……」

「ああ、私にもこの幸福は許されているんだって……自分で弾けるようになったらどんなに素敵だろうって……」

そこを中原に目撃されたわけか。生徒たちの音楽に対する関心の薄さに忸怩《じくじ》たる思いを抱いていた中原が、彼（彼女だけど）にピアノを教えたいと強く思ったのも頷ける。

「だけど、迷惑かけちゃって。弾いてる音が聴こえていただなんて……まさか私本人が〝呪い〟になっちゃうなんて思わなかった。それに」

乃絵が居心地悪そうに足を組み替えた。

「先生が美術室から絵の具を持ち出していたなんて」

中原からすれば、持ち出したというより、借りたという認識だったのかもしれない。直接指導できない中原は、鍵盤の七音を色分けすることを思い付いたのだ。ドは空白。レは墨。ミは青。ファは黄。ソは紫。ラは赤。シは緑。音階をまずは乃絵に覚えさせ、手作りの楽譜を渡した。傍から見れば、運指法も技術もないただの遊びだ。

それでも、鍵盤を押した自分の指先から、聴いたことのある音色が次々あふれ出た時、乃絵は感動したに違いない。中原はこの感動をこそ彼女に届けたかったのだ。

騒動後、中原は千手雨彦に事情を打ち明けて謝罪した。昊にも真相を学園長に申告すると言ったらしいのだが、昊がそれを受け容れなかった。おかげで、昊は今でも突然奇行に走った優等生扱いだ。新たな学園七不思議だ。昊の真意は推して知るべし。

ちら、と永人は隣に座る乃絵を見た。

永人の視線に気付いた乃絵が顔をしかめた。

「何？」

「いや。あ、なんでお前、学園の制服なんか着て外を歩いていたんだよ」

夜の校舎はまだ分かる。作務衣姿でいるより正体が露見しにくい。とはいえ、バレたら柳一は即刻クビであろう。大胆というか、無謀すぎる。

何より、どうしてこの学園の制服を持っているのだ？

むくれたように乃絵がうつむいた。

「だって。あの恰好で外に出ると、周囲の態度ががらりと変わるんだもの」

「外って、まさか学園の？……え、どうやって外に出るんだ？　正門で守衛に引っかかるんじゃないのか」

夜間は門が閉ざされているものの、昼は守衛室に人が詰めている。いくら制服姿でも見とがめられるのではないか。

乃絵はあっさりと言ってのけた。

「そんなの決まってる。木を登って塀に飛び移った」

「なっ！　お、お前が？　戻る時は？」

「投げ縄、君だって作ったことあるでしょ。端に石とか重しを括りつけて。木の枝に引っかければ、あの塀の高さくらいだったらすぐに登れる」

「……」

「この学園、どれだけ広いと思ってるの。昼間だろうと、人目なんかないからその気になれば簡単だよ。外の道に人さえいなければ、まずバレない」

確かに昼間の脱走も可能だとは思った。が、永人は逆に雇われ人の和装姿を考えていた。まさか制服姿で抜け出すやつがいたとは。しかも女の子だ。永人は乃絵の度胸に半ば呆れ、半ば感心してしまった。

「いや、それでも大胆すぎるだろ……ここの仕事のために髪まで切ったってのに、何もかもチャラになるかもしれねえじゃねえか」

「でもね、学園の制服を着ていると、道を歩いているだけで『坊ちゃん、生徒さん』って声をかけてくるのよ。世間は私に男の子であることを強いるのに、みんな姿かたちしか見ないのよ。中身なんか関係ないの。それって、なんかおかしくない？」

「そういうこと言ってんじゃねえよ。バレたらどうすんだってことだ。それで親父さんやお袋さんが失業してもいいってのか？」

とたんに乃絵がしゅんとしてしまった。永人はあわてた。

「あ、で、でもよ、お前のおかげで、俺は東堂たちのいたずらに気付けたんだからさ」

寄宿舎は個室清掃は生徒任せだが、回廊などの共用部分は多野一家が担っている。その際、乃絵は新入生や転校生があの『生霊少年』のトリックに騙され、右往左往している様子を何度か目撃したという。

「回廊を掃除していた時、『IX』と『XI』の部屋の数字が逆になっていたことがあったの。こっちはちゃんと部屋番号を覚えているから、すぐに気付いた。ああ、これかって。あの取り外し式の札をさかさまにして新入りの生徒をからかっていたんだって」

おそらく、その時は札をもとに戻すのを忘れたのだ。

「変な生徒ばっかりだよね、この学園」

「それは同感だ。先生もみんな変わってる」

「まあ、一番変わってるのは君だけど。それと、あの双子の子」

「あ？」

「まさか……黙っててくれるなんて」

「当然だろ。これでお前ら一家に路頭に迷われたりしたら夢見が悪《わり》ぃ。……そういうの、散々見てきたからよ」

乃絵がうつむく。形のいい小さい耳が、ほんのりと色付いて見えた。

「……ありがとう」

思いがけない殊勝な態度に、永人は言葉を詰まらせた。

いや？　なんだそれ？　そんないきなり、しおらしくなるなよ。

静寂が落ちる。永人はいたたまれなくなり、そわそわと脚を揺らした。二人きりでいることが、急に心もとなくなる。

その時、廊下を近付いてくる足音が聞こえた。二人分。体重を感じさせないほど軽い音までそっくりだ。

案の定、飛び込んできたのは慧と昊だった。永人と乃絵の隣に黙って座る。

おや？　永人は慧を見た。いつもならうるさいほど話しかけてくるのに、今日はずい分と大人しい。

「臨時の学年長会ってなんだったんだ？」

慧はピアノをじっと見つめたきり答えない。代わりに昊が口を開いた。

「今夜、夕食後に先輩たちから話があると思うけど。寄宿舎の」

「昊、ダメ！　これは生徒だけの問題なんだから。部外者がいるところでは話せない！」

弟の言葉を慧の鋭い声が遮った。部外者。乃絵が身をすくませる。永人は驚いた。誰に対しても朗らかな〝菩薩の慧〟の言葉とは思えない。

珍しく、昊が焦ったように振り返った。

「後で話すよ」

頷きつつ、永人は釈然としないものを感じた。慧のやつ、何を怒っているんだ？　ああ、それに。

昊は慧に乃絵の正体を話しているのだろうか？

音楽室がまた静かになる。なんだこれ。永人はうんざりした。乃絵と二人でいるのもいたたまれないが、無言のままに四人で並んでいるのはもっと息苦しい。

意気揚々とした中原が飛び込んでくるまで、四人は黙ったままだった。

「遅れてごめんね！　じゃあみんな、始めようか！」

楽しげな声に救われた。乃絵もホッと肩の力を抜いたのが分かる。

けれど中原が奏でる軽快なピアノの音にも、来碕兄弟の顔つきはほぐれないままだった。


夕食後、臨時の生徒集会が開かれた。夕餉に出た味噌汁の匂いが残る集会室に、生徒全員が集まる。

即席の壇上には副会長の黒ノ井が立った。

「諸君も知っていると思うが、先月、当寄宿舎の寮長を務めていた鳥飼秀嗣《とりかいひでつぐ》君が退校した。以来、寮長の席は空いたままだ。規律ある生活を送るためにも、早急に次の寮長を決めなければならない」

快活な黒ノ井の声はよく通る。彼が一声発し、上下する手振りを加えるだけで、生徒たちの心が強く惹き付けられているのが分かる。魅力的な企業家としての資質を、彼はすでに持っているのだ。

そんな彼の背後には東堂が座っていた。聞き入る生徒たちを見つめている。

「そこで生徒会と学年長会で審議をはかり、寮長の立候補者を募ることにした。選挙を行う」

選挙。集会室に緊張が走る。

「候補者が一人のみの場合は生徒全員による信任投票だ。三分の二の支持を集められなければ落選とする。複数の場合は、生徒全員による選挙に」

黒ノ井が一息入れる。生徒たちもぐっと息を詰めた。

「そしてここが肝心な点だ。一年生や新入りは知らないであろうから言っておく。当学園の選挙は記名制だ。信任投票もしかり」

永人はぎょっとした。自分が誰に投票したか分かってしまう？　これは非常に厄介だ。今後の学園と寄宿舎生活の安定に関わる。

たかだか寮長選挙からして難しい選択を迫られる。まさにこの学園は〝国家〟の一部だ。

「立候補したい者はいるか？」

黒ノ井の声が厳《おごそ》かに響く。緊張が集会室に満ちる。その時。

「はい」

一つの声が緊張を破った。全員が挙手した声の主を見る。

小菅幹一。

とたんに、無言の動揺がさざ波のように広がった。永人も反射的に込み上がった嘆息を急いで呑んだ。

横暴で横柄。ところ構わず自分の主張を押し通す、時には腕力を振るうことも辞さない小菅兄弟は生徒たちの大半から煙たがられていた。それでいて、最近はじょじょに彼の取り巻きが増え、東堂の対抗馬となりつつある。東堂自身は静観の構えのせいか、小菅兄弟の尊大な振舞いは日に日に大きくなっていた。

そんな小菅幹一が寮長になったら、果たしてどうなってしまうのか？

誰か立候補してくれ……！　生徒らが全身で願っているのが、永人にもひしひしと感じられた。信任投票で落とすという手もあるが、記名制だ。そんなことをして小菅兄弟の機嫌を損ねたら、学園と寄宿舎生活が地獄と化すのが目に見えている。

誰か。

誰か――！

「はい」

声が上がった。いっせいに生徒たちが顔を振り向ける。

部屋の隅に座る生徒が控えめに手を上げていた。小柄な体軀のせいか、悲しげな小動物を連想させる。

黒ノ井が目を細めた。

「えっと、君は」

「四年の川名律《かわなりつ》です。僕、立候補します」

横にも縦にも大きい幹一に比べ、川名はずい分と線が細い。さながら、ヒグマに立ち向かう子ウサギだ。案の定、生徒たちがさわさわとささやきを交わし始めた。

川名？　えっ、誰？　大丈夫？

確かに、川名律は取り巻きや仲間に囲まれているという感じではない。部屋の隅で、一人静かに本を読んでいるという風情だ。

一方の幹一は不敵な笑みを浮かべている。勝てる。そう確信したに違いない。それでも、念には念を入れて、裏で生徒一人一人を脅迫するくらいやりかねない。

このままでは自動的に小菅幹一が寮長になってしまうのではないか？　永人を含めた生徒たちが危惧した時だ。成り行きを見守っていた東堂が立ち上がった。

「では二日後の夜。改めて寮長を決定しよう。ただし、ここで僕から一つの提案がある」

提案？　永人も東堂を見つめた。一見、寡黙な佇まいだが、彼の内には研ぎ澄まされた熱がある。永人はここのところ、この得体の知れない生徒会長を見るたびにそう感じるようになった。

「本来であれば、選挙は時間をかけて取り組むものだ。それぞれの理想、将来を見据えた視野、見合う能力。候補者がそれらを提示した上で、派閥形成、票の取り込み、あらゆる駆け引きが展開される。僕は学園内の選挙も将来に向けた実地訓練であると考えている。それは諸君らも同じ認識であろう」

いっぱしの演説だ。幹一ですら彼の言葉に聞き入っている。

「だが、今回は生徒会の選挙のように何週間も時間を取ることはできない。となると、率直に言って小菅君と川名君では勢力としてつり合わない。非常に不公平なまま選挙をすることになる。ここまでで異論のある者は？」

整然とした言葉に、誰も口を挟まない。しんとした静寂を確かめてから、東堂はさらに言葉を重ねた。

「そこで僕は提案する。今回の寮長選はゲームで決める」

ゲーム？　全員が息を呑む。

東堂が淡い笑みを浮かべ、続けた。

「千手歌留多だ」

千手學園には卒業生が毎年作る記念品がある。校章をあしらったカフスボタンだったり、文鎮だったり、銀食器だったり。千手歌留多は今年の卒業生制作の記念品だ。

小倉百人一首に倣《なら》ったいろは四十八文字には、卒業生と在校生から募った歌を付けた。

主題はもちろん『千手學園』だ。さらには、それぞれの歌の読み札の絵を有名絵師に描かせたという豪華特注品である。

東堂はこの千手歌留多で寮長を決めようというのだ。しかも読む歌は一つだけ。

「これだと不公平感がない。泣いても笑っても、一発勝負で決まる」

小菅幹一は相当不満だったようだ。何しろ、記名制の選挙に持ち込めば、ほぼ確実に寮長に決定していたからである。学内で一定の勢力を誇る小菅幹一と、孤立している川名律。勝負は目に見えている。

それでも渋々、東堂の提案を受け入れた。生徒会長の権威は永人の想像以上だ。

そして翌日は朝から緊張に満ちていた。集会室に集った生徒たちが、互いの顔をちらちらと窺い合っている。

勝負は明日の夜。夕食後だ。

それにしても。永人は四年生の席にいる川名律を見た。

どういうつもりで立候補したのか。寮長として権限を振るいたいとか、培った人脈を今後に活かしたいとかいう野心家にも見えない。

それは慧と昊も同じだったらしい。ともに校舎内の教室へ向かう間、二人はしきりに首を傾げていた。

「びっくりしちゃった。川名先輩、表に出るような人じゃないから」

慧曰く、学業も運動もそこそこ、部活動にも所属していない。放課後は図書室の隅で本を読んでいるような生徒だという。

「小菅が気に食わないとか？」

「な、永人君っ、声が大きいよ」

あわてた慧がシーッと指を立てる。その無邪気な表情は普段通りだ。昨日、ヘンに拗《す》ねていた彼ではない。

「そういや、前の寮長だった鳥飼って生徒、なんで退校したんだ？」

鳥飼秀嗣が退校したのは、永人が入学した時期とほぼ入れ替わりだったらしい。

訊かれた慧と昊が顔を曇らせた。三年生の教室に入るや、永人を隅に引っ張る。

「鳥飼先輩の実家は岡山なんだ。お祖父さんの代の時に軍功を讃えられて子爵位を叙勲されたんだけど」

二人が顔を見合わせる。歯切れの悪い口調に永人は顔をしかめた。

「されたけど、なんだよ。言えよ」

「だけど……先輩のお父さんが、偏向した政治結社に傾倒しちゃったんだ」

「……」

「自分が入れ込んでいる結社に鳥飼家の金をつぎ込んでしまったみたいで……その上、今年の二月に起こった派出所襲撃事件に関わっていたことも判明したとかで」

二月の派出所襲撃。もしや東堂の言っていた事件のことか。

「その件に関わっていた廉で、鳥飼先輩のお父さん、ついこの前逮捕されちゃったんだ。だから鳥飼家は爵位をはく奪されるかもしれない」

「一連の騒動は新聞沙汰にまでなったんだ。僕たちが知ったのは、先輩が退校した後なんだけど」

それが本当なら、本来体制側であるはずの鳥飼家から謀反人を出したのも同然になる。息子である鳥飼秀嗣も、国家中枢の縮小版のような千手學園になどとてもいられないであろう。

慧が目を伏せた。長い睫が、目元に濃い影を作る。

「僕、鳥飼先輩が好きだった。すごく優しくて勉強もできて……」

「後輩の面倒もよく見てくれた人だったんだ。上下分け隔てなく意見を聞いてくれる」

「だからみんな、寄宿舎での毎日が楽しかったのに……それなのに、もしも」

もしも、小菅幹一が寮長になったら？

生徒たちの不安が手に取るように分かる。確かに今は新しい何かがざわざわと蠢《うごめ》いているご時世ではあるが、学園の中くらい平和でいたい。

先生の足音が聞こえてくる。今日の一時限目は地理だった。担当は「カマキリ」とあだ名されている千手五之助《ごのすけ》だ。ひょろりとした体軀と眼鏡越しのぎょろぎょろした目が特徴的で、彼も千手一族の一人である。

生徒たちがあわてて席に着く。永人も続こうとした。すると、慧がそんな永人の袖を小さく引っ張った。

「永人君……自分が出したい札を必ず出せる奇術ってないかな」

え？　訊き返す間もなく、慧が自分の席に滑り込む。と同時に千手五之助が入ってきた。

永人も急いで自席に着く。

教科書を広げ、五之助が解説を始める五大大陸を目で追いながら、永人は考えた。

出したい札。

千手歌留多。


昼食を終えた生徒たちは、それぞれ運動場や校舎などで昼のひと時を過ごす。永人も慧や昊と集会室に残り、もうすぐやって来る定期試験の話題に花を咲かせていた。

「おい。大丈夫か？」

しかし、時間を追うごとに慧の表情は硬くなっていった。昊もしきりに気遣うが、顔色はずっと翳ったままだ。永人は眉をひそめた。

明日の寮長選のせいか。普段は明るく朗らかだが、病弱だというのは本当らしい。ちょっとした動揺でこんなにも影響が出るなんて。

ふと、永人は部屋の隅に目を留めた。

東堂と黒ノ井、千手雨彦が談笑している。両者は十以上歳が違うと思うが、生徒と教師といった感じではない。いっぱしの大人のサロンのようだ。ほかの生徒たちが羨望の目で遠巻きに見ている。

そんな黒ノ井の手に例のトランプがある。永人は慧の言葉を思い出した。出したい札。

立ち上がった。「永人君？」という慧の声を背に、三人に近付く。気付いた東堂がにっこり笑った。

「やあ。何か用？　檜垣君」

「黒ノ井先輩。トランプ、貸してもらっていいですか」

周囲が息を呑んだのが分かった。言われた黒ノ井もぽかんとしている。「お前」と呆れた吴の声が飛んできた。

「お前、黒ノ井先輩になんてこと」

とたんに東堂がぶっと吹き出した。

「影人にこんなことを堂々と頼むのは君くらいのものだね。影人、貸してやれよ」

「本場の奇術みたいに刻んだり燃やしたりするなよ」

相棒に促された黒ノ井が、顔をしかめながら手渡してくれた。とはいえ、その声音からは面白がっているのが伝わる。

借りたトランプを切って混ぜていく。柔らかい手触りは、黒ノ井が普段から愛用していることを窺わせた。これ、いけるかな？　永人はトランプをきれいに重ねた山にして机の上に置いた。

集会室にいた生徒たちが集まってきた。永人の手元を興味津々に見つめる。

上の札をひっくり返した。『クラブの7』。それから札を伏せ、「慧」と呼んだ。硬い顔をしていた慧が飛び上がる。

「な、何？」

「これ。どこでもいいからトランプの山の中に入れて」

一番上の札を伏せたまま慧に渡す。「どこでもいいの？」戸惑う慧に向かって頷いた。

「いいよ。どこでも」

おそるおそるといった手つきで、慧が山の真ん中あたりに渡された札を差し入れた。

「今、お前が山の中に入れた札はなんだった？」

「え？『クラブの7』でしょ」

「そう。じゃあ、その札を今から念力で上に持ってくる」

慧が目を丸くした。永人はトランプの山をぽんぽん、と指で叩いた。

「来い来い、来い！」

ぱちんと指を鳴らす。「花札か」ぼそりと雨彦がつぶやいた。

上の札をめくる。「あっ！」生徒たちがどよめいた。

現れたのは『クラブの7』。

青ざめていた慧の顔に、みるみる血の気が戻る。

「な、なんでっ？　え、ええっすごい！　すごい、どうして札が移動するの」

成功した。良かった。慣れないトランプでやったから、いつボロが出るかと実はひやひやしていた。

ほお、と東堂が感心した声を上げた。

「なるほどね。思い込みを利用しているわけだ」

おい。よけいなこと言うなっつーの。

永人の視線に気付いた東堂が、ひょいと肩をすくめた。

「タネはバラさないよ。安心して」

「広哉、後で俺には教えろ。は〜……やっぱり俺も奇術をもっと修得しようかなあ。女性にも注目してもらえるな、これは」

「千手學園の生徒にあるまじき軽《けい》佻《ちょう》浮《ふ》薄《はく》なその言葉、聞かなかったことにしておくよ」

雨彦が笑った。つられた生徒たちも笑顔になる。昨日から張り詰めていた空気がわずかにゆるんだ。そんな彼らの様子を見た東堂も、永人に向かって微笑んだ。頬を上気させた慧が身を乗り出した。

「やっぱり永人君はすごいや。なんでもできる。これなら、これなら——」

声が途切れた。えっ？　永人の目の前で、慧の華奢な身体が傾いだ。

「慧！」

叫んだ昊の腕の中に慧が倒れ込む。東堂が彼の額に手を当てた。

「少し熱いな」

「熱……昨日からずっと緊張していたから」

昊が唇を噛む。すると、横から手を出した雨彦がぐったりした慧を抱き上げた。

「来碕君。お兄さんの薬は君が持っているね？」

「はいっ、常備薬が部屋に」

「東堂君、舎監の深山先生にも連絡を」

「分かりました」

てきぱきと雨彦が指示を飛ばす。のんびりした美術教師と思っていたが、案外頼もしい。彼の腕に抱かれた慧を見た。真っ白な顔色。寮長選の緊張で倒れるくらいなのだ。もしも小菅幹一が寮長などになったら、彼の神経は持つのだろうか？

「かるた」

弱い声が上がった。はっと東堂が振り返る。永人は驚いた。東堂には珍しく、強張った表情に見えたせいだ。

声を上げたのは慧だ。目を閉じたまま、小さく唇を震わせる。

「かるた」

かるた。千手歌留多？

すかさず、昊が兄の手を強く握った。耳元に唇を寄せ、声を吹き込む。

「心配するな。大丈夫だ」

安心したのか、慧はもう何も言わなかった。今度こそすとんと眠り込んだようだ。心配するな？　なんのことだ？　首を傾げた永人に構わず、慧に付き添って昊も集会室を出て行ってしまう。

せっかくゆるんだ集会室の空気が、再びぎこちなくなった。気付くと、『クラブの７』の札が床に落ちていた。

夕刻、授業を終えて寄宿舎に戻った永人は驚いた。来碕兄弟の部屋に、生徒たちが次々と訪れたのだ。

「大げさだな」

確かに倒れはしたが、重篤な病でもあるまいし。それだけ人気者ということか。

終業後、昊は速攻で部屋に戻り、それきり顔を見せない。慧を看病しているのであろう。

中庭にある日本庭園もどきの池のそばで、永人は円筒形の寄宿舎を見回した。部屋を出たり入ったり、廊下をぐるぐる回る生徒たちが蟻のように見えてくる。

すると、ほうきとちりとりを手にした乃絵がやって来た。永人を見て足を止める。

ちなみに、ピアノ教室は月曜と金曜の放課後に開かれる予定だ。が、今週だけは中原の都合で、明後日《あさって》の木曜に教室がある。

中庭の玉砂利を掃きつつ、乃絵がこっそりと近付いてきた。

「お兄ちゃんのほう、倒れちゃったんですってね」

「まあな。明日の寮長選の緊張でまいっちまったらしい」

「繊細なのね。そんなことでいちいち倒れてたら、逆に身が持たない気がするけど」

声音に意地悪な響きはない。本当にそう思っているようだ。

「でも慧やみんなの気持ちも分かるよ。確かにあの小菅が寮長になったりしたら」

「……うん。私も好きじゃない」

乃絵がかすかに顔をしかめた。あの小菅兄弟や取り巻きが、乃絵たち用務員一家をどのように扱っているかなんて容易に想像がつく。

「鳥飼って先輩は好かれてたみたいだな」

「そうね。優しい人だった。私の顔を見ると、『いつもありがとう』って言ってくれて」

「そういう優しいヤツ、真面目なヤツこそが割を食う世の中なんだよ」

政治結社に傾倒したという彼の父も、世の不公平や理不尽を見逃せない人物だったのではないか。

気付くと、乃絵がじっと自分を見ていた。

「な、なんだよ」

「君、ちょっとあの人に似てるかも。辛島馨《からしまかおる》」

「からしま……ハァ？　どこが」

年がら年中、新聞をにぎわせている無政府主義者だ。派手な言動、繰り返される出入獄沙汰に喝采を送っている庶民も多く、女性からの人気も高い。そのせいか、妻子持ちでありながらしょっちゅう浮き名を流している男だ。

「冗談じゃねえよ、あんなの。ついこの前も女絡みで話題になってたじゃねえか」

「そうだった。なんだっけ、付き合ってた女優さんに逃げられたんだっけ？……あ」

玉砂利を掃くほうきの音が途切れた。見ると、何かを思い出すような遠い目で一点を見つめている。

「そういえば……平日の昼間に外であの人を見たことがある」

「えっ。辛島馨？」

「違うよ！　鳥飼さん」

「ああ、鳥飼先輩のほう。え、学園の外で？　平日の昼間に？」

「そう。万世橋の停車場前の広場で。私服の和装姿だった。で、男の人と会っていたの。何か本のようなものを渡していたわ」

万世橋の停車場といえば、学園から歩いて十分くらいのところではないか。市電も通るにぎやかな場所だ。

「先輩の親父さんじゃなく？」

「違うと思う。だって相手も若かったし。それに……分かるでしょ。華族様って感じじゃなかったのよ」

もしや父親が傾倒していたという政治結社の人間か？　しかし、なぜ鳥飼秀嗣が。

「ん？」

いやいや。ちょっと待て。永人は乃絵を見た。

「うっかり聞き逃すところだったけど、なんでお前もそんなところに。えっ、まさか制服姿で？　うっわ、俺のほうがヒヤヒヤするわ」

「もうやらないわよ。正体がバレちゃったし、懲りたもん。それに君の言うとおり、もしも私のせいで職を失ったりしたら」

「……なあ。一体なんで制服着て外に出たりしてたんだ？」

乃絵がうつむく。ほうきの先で、ざくざくと玉砂利の並びを乱し始めた。

「バカにしない？」

「しねえよ」

「したら、ほうきで叩く」

「痛《いて》ぇわ！　つーかバカになんかしねえって。なんでだよ？」

玉砂利を乱したまま、乃絵が意を決したように顔を上げた。

「二丁目に乳児院があるの。知ってる？」

「……」

「資産家の女性が私財をなげうって作った孤児院。そこに時間ができた時に行って、子供たちに勉強を教えていたの」

思わぬ言葉に唖然とした。

「勉強？」

「うん。読み書きや簡単な算術くらいだけど」

「なんで制服姿……あ」

はっとした。短くしてしまった髪。女性がこの姿で人前に出るのは相当の勇気が必要であろう。だから少年の振りをしていたのか。

渋い顔をした永人を、乃絵がちらりと見た。

「もしかして、この髪のせいって思った？」

「……違うのか」

「君って、思ったより純情ね」

誉めてんのかそれ？　という言葉を呑み込んだ。乃絵が悲しげに顔を歪めたからだ。

「きっと私、優越感に浸っていたのよ」

「……」

「あの制服姿でいると、世間から賞賛される気がしたの。男の子で、立派な出自で、恵まれていて……道を行く人や、乳児院の子供たちや先生方に、そう見られるのが気分良かったのよ。そうして、施しを与えるかのように勉強を教えていたの」

うつむいた頬が震えるのが分かった。

「最低だよ。汚いの。一番外見にこだわっていたのは私のほうなんだ。人にどう見られるか、一番怯えていたのは私なの」

あ。永人はあわてた。

「な、な、泣くなよ、おい」

「……」

「母ちゃんにどつかれちまう……自分より弱いもん泣かすなって」

「ハア？　失礼ね。私、弱くなんかないわよ」

とたんに、乃絵が潤んでいた目をぎっと細め、永人を睨んだ。意思の強さが全身に満ちる。清々しいほどの勢いに、思わず永人は笑ってしまった。

「んなっ、何がおかしいの」

「シーッ。声がでかいって〝乃莉生〟チャン」

「！」

乃絵があわてて口をふさぐ。

ぱたぱた、と足音が頭上を駆け抜けていった。見上げると、三階の回廊を生徒が走っている。またも来碕兄弟の部屋をノックする。

「大人気だな」

「よけい熱が上がりそう」

顔を見合わせた。どちらともなく笑い出す。

二人の笑い声が、寄宿舎の丸い壁に反射して、まろやかにこだました。

翌日の昼休み。地下にある図書室に踏み込んだ永人は、きょろきょろと室内を見回した。

今朝、いまだ寝込んでいる慧に頼まれたのだ。

「歴史の課題発表のために、どうしても読みたい本があるの。お願い永人君、借りてきて

「……！」

なんで俺が。と思いつつ、まだやけに青白い慧の顔を見ては断れない。昊は慧に付きっきりだし、仕方がない。

地下の図書室は中庭分ほどの面積があり、かなりの広さだった。なんなら舞踏会でも開けそうである。

背の高い書架が入り口以外の三方の壁を埋め尽くし、さらには室内を細切れにするかのように幅広の書架がずらりと並んでいる。こんなたくさんの書物、見たことがない。初めて図書室に踏み入れた時には圧倒されてしまった。知の集積どころか、秘密やいかがわしいものまで澱んでいそうだ。謎の扉の一つや二つ、どこかにあってもおかしくない。

入り口そばの受付に座る生徒に訊いたところ、歴史関連書は向かって左から二番目の書架の真ん中あたりにあるという。

ところが、慧に言われた題名の本はなかった。貸し出し中なのか。困ったな。頭をかいた時だ。書架の横手の通路を一人の生徒が通った。

小菅幹二の取り巻き（というか狛犬）の一人、中澤だ。やけに硬い顔つきで最奥の書架通路に入ってくる。永人は目の前の本をそっと寄せ、書架越しに中澤の動きを見た。

中澤は壁際の書架の右奥に立つと、さっと屈み込んだ。一番下の本を取り出す。屈み込んでいるせいで、手元が見えない。けれど、本を開いていることは分かった。ただそれだけだというのに、ずい分と緊張した顔つきだ。

やがて中澤は立ち上がると、書架から離れた。

おや？　永人は首をひねった。手に何も持っていない。図書室からもすぐに出てしまう。

なんだ？　本を借りるわけではないのか。

書架の並びを出て受付に向かった。慧の求める本が誰に借りられているか確認しようとしたのだ。

ふと、室内の一隅にある自習席に目を留めた。一人で座る小柄な姿がある。川名律だ。

今夜の主役であるはずだが、相変わらず誰ともつるまずに一人でいる。その姿には、興奮している様子も緊張している様子もない。つくづくおかしな生徒だ。小菅幹一などよりずっと不気味だ。

永人の視線に気付いた川名が顔を上げた。うっすらと微笑む。

「やあ。檜垣君」

「は。俺のこと知ってるんですか」

「君を知らない生徒なんかいないよ。昨日の奇術も鮮やかだったたな」

そう言うと、川名はじっと永人を見つめた。

「檜垣君は自分の出したい札を出すことができるの？」

「……」

出したい札。慧と同じことを言う。もしも。もしも、望むカードを必ず出すことができたなら。

千手歌留多。

断りもなく、川名の目の前に座った。永人の不作法にも彼は怒らない。

「先輩。どうして寮長に立候補したんですか」

「……」

「俺はここに来てまだ日が浅いけど、その分見えるものもありますよ。人間関係とか。その人の性根とか」

「僕は寮長の器ではないだろうって？」

川名がくすりと笑った。その表情を見て永人は直感する。

大人しそうに見えて、曲者。こういう手合いは案外厄介なのだ。

「僕がなぜ立候補したか。知ってどうするの」

「別に。どうせここで暮らすんです。学園生活が平穏無事であるに越したことはない」

「君は小菅君が寮長になるべきだと思う？」

「それはあり得ないです。けど、俺には川名先輩のほうがもっと分からない」

率直に答えた永人を、川名がまじまじと見つめた。

「正直だね」

「言う相手と時機は選びます。でないと、生き残れない」

「君は本当に面白いな」

軽い笑い声を上げてから、川名はふっと息をついた。

「彼もそのくらい慎重だったら……生き残れたかな」

「彼？　それって……退校した鳥飼先輩のことですか」

「鳥飼君、小菅君たちが陰でやっていることに気付いたんだ」

「小菅たちが？　それは」

呼び捨てにしていることにも気付かず、永人は身を乗り出した。

川名が目を伏せる。小ぶりな唇から、低い声が漏れ出た。

「賭博だよ」

賭博。

「生徒間でひそかに……小菅兄弟と少数の取り巻きがグルになって、おそらくいかさまでほかの生徒から金を巻き上げているんだ。もちろん重大な寮則違反だよ」

「……」

「で、借金漬けにしたり、払えない分を貸しにしたりして、どんどん自分の派閥に引き込んでいる。手を出してしまった生徒は寮則を破っているだけじゃない、学校側や実家に密告されるという恐怖もあるからね。そりゃあ小菅兄弟の言いなりだよ」

なんとも。浅草界隈の悪ガキもびっくりだ。

「最近、東堂先輩に対抗できるくらいの派閥になっているとは聞いたけど」

「一度はまって金を払ってしまうともう抜けられない。言いなりになった生徒は小菅らに命じられ、周囲の生徒も一人二人と引きずり込む。彼らは恐怖に縛られているから、絶対に口を割らない。だけど」

「鳥飼先輩は気付いてしまったと」

暗い顔つきで川名が頷く。机の上で強く拳を握り締める。小柄な身体が、一瞬、不気味な力でふくらんだように見えた。怒り。

けれど、それはすぐにしぼんだ。川名が自嘲気味に笑う。

「でも、賭博をしているという証拠はなかなか見つからなかった。せめて金銭のやり取りだけでも押さえられればと考えていたのだけど……それより先に、彼が」

お家騒動により、鳥飼自身が退校せざるを得なくなったというわけか。

「それで先輩は、鳥飼先輩の代わりに寮長に？」

「それだけじゃない。絶対に賭博の証拠を摑む」

固い決意が声に滲む。小柄で印象が薄いと思っていた少年に、強い輪郭が宿る。

ふと、永人は乃絵が鳥飼を街中で見たと言っていたことを思い出した。得体の知れない男に本を渡していたという。

それは具体的にいつだったのだろう。平日に学園の外に出るには許可がいる。外出記録のようなものが見られるといいのだが。

その時、図書室に生徒が一人入ってきた。はっと川名が、開いていた本に目を落とす振りをする。

永人よりは上の学年の生徒だ。川名と同じ四年か、もしくは五年か。

生徒は真っ直ぐ書架のほうへ向かうと、最奥の通路に入っていった。

そして、一分もしないうちに姿を現した。脇目も振らず、さっさと図書室から出て行く。

ほお、と川名が息をついた。

「小菅の取り巻きの一人だよ。野毛《のげ》」

「……なんか、変じゃないですか」

立ち上がった。最奥の通路に向かう。川名もあわてて追ってきた。

「変って？」

「本を探しに来たにしては早すぎる。返却でもない。不自然だ」

つい先ほど、中澤も同じ場所にやって来た。これは偶然か？

書架通路に入った永人の足が止まる。一番右奥、下の棚の本が微妙に引き出されている。

中澤が手にしていたのと同じ本？

駆け寄り、やけに厚いその本を引き出した。『千手學園創設史』。その名の通り、学園の創設から千手源衛を含む千手一族の歴史、功績を記した本だ。

ぱらぱらと本をめくる。細かい字の羅列と画質の粗い写真や絵。とてもではないが、生徒が興味を持つ本とは思えない。

「……」

けれど中澤も、そしておそらく野毛もこの本を開いた。なぜ。

「そういえば」

手元を覗き込んでいた川名が声を上げた。

「来碕君の〝お見舞い〟にはもう行った？」

「……」

お見舞い。

川名がやけに真剣な目で永人を見つめる。その瞳の強さに切迫したものを感じた永人は、すぐには答えられなかった。

すると、川名の硬い表情がふっとほどけた。「そうか」とつぶやく。

「そうか。檜垣君が学園に来たのは半月ほど前だものね」

まったく意味が分からない。慧の見舞いと、俺がこの学園に来た時期になんの関係が？

戸惑った永人に構わず、川名が通路を引き返す。書架の角を曲がる刹那、永人を見て言った。

「今夜の千手歌留多……僕は必ず勝つよ。檜垣君」

午後の授業のために教室に戻る時、廊下を掃いていた乃絵と鉢合わせした。いつもの作務衣と、手ぬぐいを無造作に頭に巻いた姿。つくづく、この乃絵を見て女の子だと見抜くのは難しい。しかも制服を着て堂々と闊歩していた影もない。もしやこいつの正体は隠密か。

「何?」

自分をじっと見つめる永人に気付いた乃絵が目をすがめた。

「もうすぐ授業……でしょう、檜垣さん」

よそ行きの声音。親しく話しているところを誰かに聞かれたら、また面倒だからだ。

「すぐ行きますわよ乃莉生さん。あ、そうだ。お前が鳥飼先輩を見たのっていつだ?」

「え? えーと、あれは確か」

「それと、外出する生徒の記録ってどこかで見られるのかな」

「なんで?」

「外出理由を申告するはずだからさ。先輩はなんて言って出たのかなあって思って」

乃絵が首を傾げる。

「外出届けは、確か舎監の深山先生が管理しているはず」

「ホントか。見られるか？」

「無理だと思うわ。深山先生すっごい管理厳しいし、第一、理由を訊かれたらどうするの」

そこまで考えていなかった。

「こ、後学のため……」

「どんな後学よ」

呆れたように乃絵が首を振る。それから、「あ」と顔を上げた。

「外出の理由までは書いてないけど、正確な日にちだけなら分かる」

「え」

「父さんが日誌を付けてるもの。ほら、帰ってくる時刻を把握しておかないと、正門が閉められないでしょ。ああ、それに学園に来るお客さんなら名前も全部書いてある」

「えっ！」

「お客さんを案内することも多いから。守衛さんにその日の来客のことを伝えるのも役目だし」

最初に乃絵と会った時、永人の名字を知っていたのはこういう事情だったのだ。

「日誌、貸そうか？」

「いいのか。用務員室に取りに行けばいいか」

しばし考えた乃絵が顔を上げた。

「放課後。音楽室」

「音楽室？」

「今日は水曜日でしょ。午後は音楽の授業もないし、ピアノの特別授業もない。だから……教卓の物入れの中に入れておく」

「分かった。見てそのまま教卓の中に入れておくか？」

「うん。夕食の準備が始まる前に回収に行くから。ちゃんと返して——あれ？」

何かを思い出したのか、乃絵が宙を見上げた。

「そういえば。日誌……見せろってあの人も用務員室に来たことがある」

「あの人？」

「小菅幹一」

思わず眉をひそめた。乃絵も苦い顔をする。

「もうえらそうに、とにかく日誌を見せろの一点張り。父さんが理由を訊いても教えてくれないの。お前らが働き始めた一年分でいいからって。仕方ないから見せたけど」

小菅も日誌を？　なんでまた。

乃絵が声を潜めた。

「今夜でしょ。寮長を決める歌留多ゲーム」

「うん」

「どうなるのかなあ」

そう言うと窓の外を見る。その整った横顔を、永人はしばし見つめた。

生霊少年、つまり彼女の正体に気付くまで、乃絵のことは学園内でしばしば見かけていたはずだ。それなのにちっとも意識したことがなかった。制服と、作務衣。いつの間にか、永人自身が無意識に相手を選別していたのだ。

「ねえ癖なの？　そうやって人の顔じっと見るの」

乃絵が唐突に振り返った。その黒い瞳をまともに見てしまい、永人はうろたえる。

「ち、違ぇよ、仕事しろよ」

「ふんだ。言われなくてもやってる！」

午後の始業を告げる鐘が鳴り響く。乃絵の父、多野柳一が大きい振鈴《しんれい》を持って校舎中を歩いているのだ。

生徒たちが教室へと急ぐ。永人の目には、彼らの頭上に重たい何かが伸《の》しかかっているように見えた。

放課後、生徒たちが各々寄宿舎に戻ったり、部活動へと向かったりする中、永人は一人音楽室へと足を向けた。

乃絵の言うとおり、音楽室の周囲は静寂に包まれていた。二つ教室を挟んだ美術室も、今日は戸が閉まっており、中の様子が窺えない。

そっと戸を開け、音楽室に滑り込んだ。教卓の中を漁《あさ》り、指先に触れたものを引き出す。日誌だ。

見ると、紙が挟んである。その頁を開いて目を通すと、四月十日の日付が目に付いた。

『外出者　鳥飼秀嗣　十五時帰宅予定』と几帳面な字で書き込まれている。

日誌はそれぞれの頁が一週間ごとに区切られている形式のものだった。乃絵は鳥飼の外出日がすぐに見られるよう、紙を挟んでおいてくれたのだ。なかなかに気が利く。

「……」

紙を、〝挟む〟――

その時、廊下の遠くで生徒の声がした。はっと永人は我に返った。いけね。急がないと。ほかにも鳥飼の名が記されていないか確認しようとした。その手が、ふと止まる。

「……」

四月十日より二日前の八日の日曜、鳥飼に会いに来ている人物がいる。『面会　鳥飼秀《ひで》勝《かつ》・父兄』。

さらに頁をめくった。日誌は半年単位のようで、かなり前までさかのぼれる。

「あった」

四月より二か月前、二月六日にも鳥飼は外出している。そしてその直近の日曜。

『面会　鳥飼秀勝・父兄』

二回の外出の寸前、父親の秀勝が会いに来ている。これは偶然だろうか。

とはいえ、それきり鳥飼の名は出てこなかった。再び二月の日誌を見直してみる。

「……あれっ」

先ほどは気付かなかった名前に目を留めた。

二月六日にはほかにも外出していた生徒がいた。


夕食後、集会室は再び緊張に包まれた。一つの長机を挟み、候補者の小菅幹一と川名律が向かい合って座る。

目の前に新品の千手歌留多が置かれた。記念品用の熨斗《のし》が巻かれたままの新品だ。東堂がその熨斗を手で破り、箱の中から取り札を出した。受け取った黒ノ井が机上に並べていく。

黒ノ井は整列させた並べ方ではなく、ぐしゃぐしゃと撒くような並べ方をした。下の句ばかりが書かれた取り札を、幹一が、そして川名がじっと見回す。一枚でも札の場所を覚えたほうが有利だ。

それは周囲に集まった生徒たちも同じだった。食い入るように取り札を見つめている。

……おや？　その様子を少し離れたところで眺めていた永人は、引っかかるものを覚えた。だが、自分が何に反応したのか分からない。不可解に思いながら、粛々と進むゲームを見つめる。

慧はようやく起きられたようだった。昊に付き添われ、三年生の席で緊張した顔で勝負の行方を見守っている。

生徒たちはやはり机上に撒かれた取り札を一心に見つめている。そんな彼らの様子に、永人の違和感はどんどんふくらんだ。なんだ？　俺は一体、何に引っかかっているんだ？

「さて」

黒ノ井が並べ終わったのを見計らい、東堂が読み札の束を手に取った。全員が彼を注視する。

「始めるよ。寮長を決める千手歌留多ゲーム」

誰もが緊張しているというのに、どこか楽しんでいる声音だ。東堂はにっこり微笑むと、幹一と川名の両者を見た。

「泣いても笑っても一発勝負。恨みっこなしだ。いいね？」

二人が硬い顔つきで頷く。永人を含め、生徒全員がごくりと唾を呑んだ。

「じゃあ、誰かに読み札を選んで読んでもらうのだけど」

東堂が手にした束に目を落とす。それからふいと視線を上げると、部屋の隅を見た。

「読むのは利害関係がない人物がいいと思うんだ。……だから君が読んでくれないか。多野乃莉生君」

ぎょっと息を呑んだ。慧と昊も驚いたのが分かる。

全員の視線が、集会室の隅で食器の片づけをしていた乃絵に注がれた。作務衣姿の男の子にしか見えない乃絵が、突然の指名に立ちすくむ。

「え、わた……ぼ、ボクですか」

「そう。君は生徒ではないから、ここにいる二人とは利害関係がない。ああもちろん、寄宿舎生活を送る上では、君たちご一家に世話になるのだけどね」

差し出された束を乃絵がじっと見つめる。躊躇しているのか、動かない。なぜか永人の背中にまでいやな汗が滲んでくる。

東堂がかすかに眉を動かした。

「……読める？」

かっと乃絵の頬が色付いた。あ。永人は目を瞠る。

またあの顔。生命力に満ちた、強い顔。

乃絵が大きく一歩を踏み出す。臆さずに東堂の前に進み出ると、真っ直ぐ彼を見た。

「読めます」

「よかった。では、一枚選んで」

東堂の手にある束の中から、乃絵が一枚の読み札を抜いた。ひっくり返した札に目を落とす。生徒たち、そして東堂ですら緊張した顔を見せた。

彼女の凜とした声が響いた。

「あしたの陽《ひ》　まつわり光る　君の手に
百の手よりも　千の手よりも」

ひゃくのてよりも
せんのてよりも——

下の句が記された札を求め、幹一の目が大きく動く。生徒たちの無言の興奮が室内に満ちる。永人ははっとした。

大半の生徒たちの視線が川名の手元に注がれている。永人の全身が緊張に熱くなる。

次の瞬間。

「はい」

静かな声が上がった。全員の呼吸が止まったかのように感じられる。

声を上げたのは川名だった。右手を伸ばし、自分のすぐ前にある札に手を置いている。

う、と幹一が呻いた。

「取りました」

緊張が一気にほどけ、歓喜の激流になる。とはいえ、音はない。生徒たちは互いに目配せし合い、喜びを噛み締めていた。

一方の幹一と彼の取り巻きは呆然と川名の手元を見ていた。「兄さん」、幹二の悔しそうな声が小さく響いた。

「勝負あった。川名君、君が寮長だ。これからもよろしく頼むよ」

東堂の爽やかな声が歓喜の渦に混じる。川名のほうに歩み寄ると、右手を差し出した。立ち上がった川名がその手を握り返す。自然と拍手が湧き起こった。

永人も、自分がやけに歯を食いしばっていたことに気付いた。なんにしてもよかった。これで寄宿舎の平安は保たれる。

生徒たちの拍手に迎えられた川名が口を開いた。

「ありがとう。みんながより良い学園生活を送れるよう、尽力します」

顔を輝かせる生徒たちを見回した川名の視線が、最後に幹一の上で止まった。幹一の顔がかすかに引きつる。

今までとは別人のような堂々とした声で川名が宣言した。

「鳥飼君の意志を引き継いで」

＊

図書室に滑り込む。今日一日の授業を終えたばかりの室内は閑散としていた。いつもの最奥の通路に向かう。はあ、と知らずため息が口をつく。

夕べは散々だった。まさか幹一が負けるとは。

とはいえ、新寮長はあの蚊トンボみたいなヒョロヒョロの川名だ。優秀だった鳥飼とは違う。あんなヤツ、おそらくすぐにでも幹一が屈服させてしまうに違いない。

それにしても、鳥飼は自分たちがやっていたことに気付いていた節があった。今後は面倒になる前に、いっそ川名を最初からこちらに引き込んでおいたほうがいいかもしれない
――

右奥の書架の前に立つ。一番下の本『千手學園創設史』を取り出し、開いた。中に挟んであるものを見てにやりと笑う。

紙幣だ。

「なるほどね。金銭の受け渡しはそういうふうにしていたのか」

声が上がった。分厚い本を取り落としそうになる。

書架通路をふさぐように三人の生徒が立っていた。先頭に立つ生徒が小さく笑う。

「金を直接やり取りしないっていうのは考えたね。確かに授受の現場を押さえられなければ、ただの遊びだと言い抜けられる」

「……」

「賭博で負けた生徒にその『千手學園創設史』に紙幣を挟むよう指示していたんだね。……ふふ。確かにそんな本、誰も興味ないからね。君たち以外手に取らない。おっと」

自らの軽口にひょいと肩をすくめ、彼は続けた。

「そして君が回収役なわけだ。野毛君」

もうダメだ。そんな声が脳内でガンガンと鳴り響いた。いやな汗が全身から吹き出してくる。

やはり、こいつだけは敵に回してはならないんだ。

東堂広哉。

＊

すっかり顔色を失った野毛は、すでにいたぶられるだけの小動物と化していた。言い訳もごまかしも思い付かないらしい。それを知ってか知らずか、東堂の背中がやけに嬉しそうだ。

こいつ、とんでもない生徒会長だ。永人は内心呆れ返った。

乃絵が貸してくれた日誌を見た時、巻き上げた金を本に挟ませているのではないかと気付いた。だから彼らは図書室にやって来て、借りもしない本を手に取っていたのではと。

そう川名に話したところ、東堂にも話がいった。そうして現場を押さえるべく、まずは昼休みに三人で図書室に潜んだ。そこにやって来てあの厚い本に金を挟んでいったのは、なんと五年生だった。一円札。小菅勢力は上級生にまで及ぼうとしていたのだ。さすがに東堂も驚いていた。

そして今、放課後になってやって来たのがこの野毛だった。果たして、彼は五年生が金を挟んでいった本を手に取り、その頁を開いた。

そんな野毛に東堂が一歩近付く。肩にぽんと手を置いた。野毛の喉がひっと変な音を立てる。

「小菅君に誘われたのかな？　生徒たちをカモにしようって。君ももしかしたら、最初は小菅君に金を巻き上げられたクチかな」

「……」

「とはいえ、君自身も味を占めたのだろうね。小銭が稼げるし、何より賭博行為を脅して相手を支配できる。一石二鳥だ」

怖い。自分が責められているわけでもないのに、川名まで真っ青になっていた。

「さて野毛君。君のご祖父様……確か今は貴族院研究会の重鎮であらせられる」

「ひ」

「可愛いご令孫の悪辣な行為、もしも知るところになったらさぞや悲しむだろうね」

いや、悪辣なのはどっちもどっちだろ。

すっかり血の気が失せた野毛に向かい、東堂がにこりと笑った。

「自らの浅薄な行いが原因とはいえ、可愛い後輩が周囲から失望されるのは心が痛む。そこでどうだろう。僕たちは君に更生の機会を与えたいのだが」

「……」

「小菅君の行動を逐一報告してくれるかな」

野毛が目を見開いた。つまり間諜行為を働けと言っている。野毛は口をぱくぱくとさせたものの、やがてぎこちなく頷いた。ここで抗うなんてできるはずがない。彼の肩に置かれた東堂の手が、一瞬、砕いてしまいそうに力を込めたのが分かった。

「嬉しいよ。学園生活をより楽しいものにするために協力しよう。……ところで野毛君。これは万が一にもないと思ってはいるが。もしも僕を騙そうなどと考えたら」

「……」

「一族郎党、夜逃げする覚悟でいたまえよ」

完全に落ちた。少々気の毒になるくらいだ。東堂に解放された野毛は、ほうほうのていで通路から消えた。川名も、そして永人もしばしぽかんと立ち尽くしていた。

「というわけだ。寮長の仕事、今日から頼むよ川名君」

にこやかに語りかけられた川名が顔を上げる。まだ戸惑った表情で東堂と永人を見た。

「まさか……鳥飼君の退校にも小菅が関わっていたなんて」

「可能性の一つだ。しかし蓋然性は高い。賭博行為に気付いた鳥飼君を、小菅君が排除した」

東堂がちらりと永人を見る。

「これも檜垣君が気付いてくれたのだけどね」

永人は小さく頷いた。

日誌にある鳥飼の二月の外出日、小菅幹一も外出していたのだ。そこで永人は、舎監の深山に帳簿を見せてもらえるよう、東堂に頼んでもらった。生徒会長の信頼はやはり絶大で、深山はあっさり帳簿を見せてくれた。

それによると、小菅幹一の外出理由は四国から上京してきた親戚と芝居見物をするためだった。そして鳥飼の外出理由は、二月も四月も知人の見舞いと記されていた。

正確な出入り時刻も書いてあり、鳥飼の外出時間は両日ともほんの三十分ほど。乃絵が目撃したように、万世橋の停車場前で人と会ってから見舞いに行くとしたら、ずい分とあわただしい。

「四月の見舞いは嘘だと考えるのが自然ですよね。その男と会うのが目的だった。となると二月も怪しい」

そして男と会う寸前に、必ず鳥飼の父親、秀勝が訪ねてきている。この時、父が息子に何かを託していたとしたら？

川名がきゅっと唇を噛んだ。それから苦々しくつぶやく。

「鳥飼秀勝氏は、自分が結社に加担していることが露見しないよう細心の注意を払っていたのでしょう。だから息子を介して、結社の連中に連絡を取ろうとした、もしくは資金を渡そうとした」

頷いた東堂が、静かに言葉を継いだ。

「鳥飼君が父の命でやはり二月にもその男と会っていたと仮定しよう。そしてその現場を外出していた小菅君が目撃した。で、半月後の二月末に例の派出所襲撃事件が起きる。この時、事件の首謀者連中の顔は新聞に載ったからね。もしも小菅君が、鳥飼君と会っていた男が犯人の中の一人だと気付いたら？」

「さらには四月に目撃されたように、小菅も鳥飼先輩が男に本を渡していたところを見たとしたら。彼はどう考えるでしょうね」

暗いため息をつき、川名が口を開いた。

「何かを受け渡していると考えるでしょう。自分が同じことをやっているから」

金か。もしくは情報の類か。

「多野さんのところに、小菅君も日誌を確認させろと言ってきたそうだよ。ここ一年ほどのね。彼も檜垣君と同じく、鳥飼秀勝がやって来る、鳥飼君が外出するという法則に気付いた可能性は高い。そこから鳥飼秀勝が偏向した政治結社と関わりがあるのでは、と踏んだ。賭博行為に気付いている鳥飼君を、厄介払いできる好機ととらえたわけだ」

そこで父親に連絡し、鳥飼秀勝の情報を流した。そして彼が来訪するのを待ち構えた。そうとも知らず、次に秀勝が息子に会いに来たのが四月八日。二日後の十日に秀嗣は外出し、男に父から預かっていた本を手渡した。

おそらく、この時点で私服巡査が張り付いていたに違いない。男は尾行され、結社の根城を突き止められた。ここから逃走している首謀者たちの情報も引き出され、以降の逮捕劇、鳥飼家の崩壊へと繋がるのだ。

もちろんすべては勝手な憶測だ。確たる証拠はない。そして真相を暴いたところで、鳥飼秀嗣はもう千手學園に戻ってはこない。

「鳥飼君は」

川名の苦い声が落ちる。

「お父さんの傾倒を知っていたのでしょうか……知らずに協力させられていたのか。それとも」

「川名君」

「僕には何も相談してくれなかった」

寂しげな声音がぽつりと落ちる。そんな川名の肩に東堂が手を置いた。

「巻き込みたくなかったのかもしれないよ、君を。……鳥飼君が作ったあの歌を聞けば、分かるだろう？」

はっと川名が顔を上げた。

歌？　それはもしや、千手歌留多で詠まれた歌のことか？

――あしたの陽　まつわり光る　君の手に
百の手よりも　千の手よりも――

東堂が穏やかな笑みを浮かべた。

「元気でいるだろう。彼なら」

「……」

「また会える時がくる」

そうだろうか。永人は胸の内でつぶやいた。

一度距離ができると、その時から心は離れていく。人は変わっていく生き物だ。どんなにあがいても。

それでも、東堂の慈しみに満ちた声に、川名は頬を上気させた。

「ありがとうございました東堂先輩。先輩が協力してくれなかったら……鳥飼君の無念を晴らせなかったし、小菅の賭博行為も暴けなかった」

「僕だけじゃない。ここにいる少年探偵にも礼を言ってくれたまえ」

「た」

だから探偵じゃねーっての！

が、川名の潤んだ目で見られたら文句も言えない。

「ありがとう。檜垣君」

「いや、えっと」

「これからもよろしくね。……こんなことを言うのは不謹慎かもしれないんだけど。僕、檜垣君が千手學園に来てくれてとても嬉しいんだ」

「不謹慎？」

「早く見つかるといいね。君のお兄さん。檜垣蒼太郎君」

はっと目を見開いた。淡く笑った川名が図書室から去っていく。蒼太郎。義兄の名を久しぶりに思い出した永人は東堂を振り返った。

よくよく考えてみれば、自分は何も知らないのだ。

義兄はどういう状況で消えたのか？

そして彼はどういう少年だったのか？

「先輩、あの――」

突然身体を折った東堂が、くくく、と笑い出した。つい先ほどまでの優しく先輩然とした姿はどこへやら。

「川名君の言うとおりだ」

「はっ？」

「今や君のいない学園生活は考えられないな。彩りのない、つまらない毎日しか思い浮かばないよ」

「……そりゃどうも」

「感謝するよ。小菅君が寮長になることも阻止できたし、前々から疑惑のあった賭博行為のしっぽも摑めた。少しは使えそうな駒も手に入った。手駒は多く持っておくに越したことはないからね」

あんたも大概腹黒いけどな。まったく、どっちが悪役なんだか？

涼しい顔の生徒会長をじろりと見た。

「今回のこと、もしかして全部先輩が仕組んでます？」

「言葉に棘《とげ》があるね。まあ確かに、小菅君が立候補するのは予想できた。そして単独候補の信任投票となると、大半の生徒が彼を信任せざるを得ない。今の彼には大っぴらに逆らえないからね」

「だから川名先輩を立候補させたと」

「小菅君に寮長になんかなられたら面倒だもの。鳥飼君と川名君は親しかった。だから僕は、言わば鳥飼君の弔い合戦として立候補してほしいと彼に頼んだ」

「で、勝負は最初から千手歌留多にしようと決めてたんですか？　もしも川名先輩が負けたらどうする気だったんですか」

するると、東堂が目を大きく見開いた。やけにまじまじと永人を見る。その熱さに、永人はのけ反りそうになった。

「な、な、なんですか」

「……もしかして気付いてないの？　君ともあろうものが。〝千手學園の奇術師〟が」

誰が奇術師だ。探偵だったり奇術師だったり、なんなんだよ。

はあ、と東堂が息をついた。

「君が知らしめてくれたんじゃないか」

「え？」

「〝思い込みには気を付けろ〟」

寄宿舎に戻りながら、永人は考え続けた。

東堂のあの口ぶり。もしや仕組んでいたのか。夕べの千手歌留多のゲームで、必ず川名が勝つように？

三階に上がった。手すりにもたれ、日本庭園もどきの池を見下ろす。必ず勝たせる。千手歌留多——

ぱたぱたという足音が響いた。階下から二年生と思しき二人が駆け上がってくる。彼らは三階の回廊をくるりと巡ると、迷いなく来碕兄弟の「Ⅸ」の部屋の扉をノックした。

なんの用だろう。見舞いか？　また？　しかし夕べから慧は普通に学園生活を送っている。今さら見舞いになど行くであろうか。

すると、部屋に入った二人がすぐに出てきた。時間にして一分もない。さすがに早すぎる。

「……」

そういえば、慧が倒れてから、続々と生徒たちが見舞いに来ていた。ただ単に慧に人気があるからと思っていたが。

「出したい札を出せる？」

出したい札。奇術。千手歌留多。

〝思い込み〟。

「――」

慧に披露した札を移動させる奇術は、まさに見る側の思い込みを利用したものだ。もしや、夕べのゲームにもそれと同じことが――

「！」

千手歌留多を取り出した時、東堂は熨斗をわざわざ破って見せた。ああすることで、小菅幹一に中身が新品だと思い込ませたのではないか。

つまりあの箱の中は新品ではなかった。何らかの手が加えられていた。

今度は上級生が来碕兄弟の部屋を訪れた。先ほどの下級生と同じく中に入り、そしてすぐに出てくる。昨日から何人もの生徒があぁして来碕兄弟の部屋に出入りしている。

「あ！」

唐突に思い出した。ゲームをやっていた時に覚えた違和感。

文字ばかりの取り札を並べた瞬間から、時間を追うごとに、大半の生徒たちの視線がとある一点に集中していたのだ。遠目から見ると、彼らがその箇所に注目しているのが明らかだった。それは川名の手元。果たしてそこに何があったか？

「ひゃくのてよりも　せんのてよりも」

そうだ。生徒たちは最初から川名の手元にあるあの取り札を見つめていたのだ。それはなぜ？

みんな、すでに知っていたからではないのか。鳥飼が作ったという歌が必ず読み上げられると。なぜ！

あの読み札の束は、すべて同じ歌の札だったからだ！

「あしたの陽　まつわり光る　君の手に
百の手よりも　千の手よりも」

四十八枚すべての読み札が同じであれば、誰が読もうが、どの札を選ぼうが関係ない。事前に知っていれば、川名が断然有利なのは当たり前だ。ではいつ、あの枚数の同じ読み札を集めた？

「――」

「〝お見舞い〟にはもう行った？」

「そうか。檜垣君が学園に来たのは半月ほど前だものね」

お見舞い。半月前。

川名の意味不明な言葉がやっと繋がった。

どうあっても幹一を寮長にしたくない生徒たちが、こぞって鳥飼の歌の札を持ち寄ったのだ。どこに？

〝お見舞い〟と称して訪れる、来碕兄弟の部屋だ！

おそらく、慧が倒れたのは芝居だ。東堂が言い含めたのだろう。そして来碕兄弟から三年生へ、川名から四年生へ、東堂から五年生へ、兄弟の部屋に〝お見舞い〟と称してあの札を持ち込むよう指示が出た。すでに幹一に与《くみ》している生徒もいるから、二年生にもこの話は伝わったに違いない。そうして四十八枚分の同じ読み札を集めたのだ。

そしてこの計画を成功させるためには、情報の漏えいは極力抑えたほうがいい。だから永人、そしておそらく今春入学したばかりの一年生にもこの話は伝わっていない。なぜなら、昨年度の卒業記念品である千手歌留多を持っていないからだ。

「……」

やられた！　回廊の手すりにもたれ、永人は頭をかいた。全部同じ札にして、あたかも選び出されたかのようにその札を出す。初歩的な奇術の一つだ。

この俺がすぐに気付かなかったなんて。本当に食えねえ、ここの連中は！

「くっそ……慧のやつも仮病かよ」

とてもそうは見えなかったが。それに、一言くらい自分に何か教えてくれてもよかったのではないか？

とはいえ、乃絵に読ませた東堂はうまい。生徒間の派閥争いに無関係な乃絵に読ませれば、幹一も妙な疑いを差し挟まないのだから。

多野乃絵。

「……あれ？」

その名を思い出して、何かが引っかかった。あれ。何か忘れてる気がするぞ。

「あ！」

今日は木曜日。そうだ、ピアノ教室が今週だけ金曜から木曜に変更になったんだった！

「忘れてた！」

あわてて駆け出した時だ。

背後で扉の閉まる音がした。振り返ると、ちょうど来碕兄弟の部屋から四年の生徒が出てきたところだった。

制服のポケットに忍ばせた四角いものが、永人の目にもちらりと映った。

＊

遅い。

音楽室で一人待つ乃絵はふっと息をついた。

檜垣永人も来碕兄弟も来ない。あの人たち、今週は木曜日に変更になったって忘れたのかしら。それとも、もう飽きちゃった？　乃絵は憤然と席を立ち、ピアノの椅子に座った。

鍵盤蓋を持ち上げようとして、ためらった。これは学園のもの。中原先生が大切にしているもの。必要以上に近付いてはならない。

本当なら、私には触れることすら許されてはいなかった。これ以上近付いたら欲しくなる。それが怖い。

「……」

短い髪に触れた。この学園に住み込んで一年、襟足が伸びるたびに、母のエマに切ってもらっていた。そんな時、必ず母は寂しげにこう言った。

「ごめんね乃絵。あと少しの辛抱だからね」

お金を貯めて商売を始めたい。これが両親の希望だった。分かってる。それまで、この髪、この姿でいることは我慢できる。

でも。

女であることが、枷《かせ》になる。そんな世の中には我慢できない。

ふと、母が大事に持っている本を思い出した。繰り返し乃絵も読んだ、ある一節。

「――〝原始、女性は実に太陽であった〟」

「らいてう？」

背中で声が上がった。振り返ると、戸口のところに黒ノ井影人が立っている。彼は驚く乃絵を尻目に、室内を見回した。

「あれ。広哉はまだ？」

「あ、あの」

「ピアノの特別授業、今週は木曜なんでしょ。俺たちも参加してみようかと思って」

生徒会長東堂広哉の相棒、黒ノ井。東堂と同じく目立つ生徒だが、乃絵はほとんど口もきいたことがない。

その黒ノ井がピアノを習う？　目を白黒させる乃絵に向かい、彼が言った。

「君、ずい分と進歩的だね」

「えっ」

「君の年で、しかも男の子が『青鞜』を読んでいるなんて」

意図を測りかね、立ち尽くす乃絵を見た黒ノ井が笑った。

「広哉が興味を持つのが分かるな」

＊

ピアノ教室が始まる。昊はポケットから懐中時計を取り出し、時間を確認した。今週は金曜ではなく、木曜に変更になったのだ。

危ない。うっかり忘れるところだった。

時計をしまい、勉強机の上に置いてある千手歌留多の札を見た。ほとんどの生徒が預けた鳥飼の歌の札を取りに来た。残っているのはあと三枚のみ。

つくづく東堂広哉の策略には驚かされる。まさか読み札を全部同じにするなんて。なんにせよ、あの横暴な小菅ではなく川名律が寮長に決定して本当に良かった。

ふと、永人の顔を思い出した。千手歌留多を持っていないということで、今回はこの計画を話さなかった。頭の回転の速い永人を騙しているのは、わずかだが優越感があった。

「慧。じゃあ行ってくる」

自分の机で本を開いている慧に声をかけた。一昨日、東堂の指示通り、この部屋を「回収部屋」にするべく慧は体調を崩した振りをした。とはいえ、極度に緊張していたのは確かだし、微熱ではあるが本当に発熱していた。

今も声をかけたが、ピアノ教室には行かないという。正直、昊はホッとしていた。そしてそんな自分の気持ちに戸惑う。慧と離れる。そのことに安堵するなんて。

「昊」

兄の小さい声が自分を呼ぶ。なぜか昊はどきりとした。

「何？　慧」

「昊。僕に隠し事してない？」

心臓が跳ねた。すぐに確信する。

知られた。

ゆっくりと顔を上げた慧が、じいっと昊を見つめた。その瞳の強さに、昊は射すくめられてしまう。

「永人君は知ってるの？」

「……」

「ひどいよ。この前から僕だけ仲間外れ。どうして教えてくれなかったの」

答えない弟を見て、慧がひそかに目をすがめた。

「自分の言葉で言ってはくれないんだね」

「……」

慧が自分の机の引き出しを開けた。中から出したものを見て、昊は目を瞠る。

素描用の帳面。

驚く昊を、ちら、と慧が見上げた。

「勝手に見てごめんね。昊」

「……」

「でも、これを見て知ったよ。ビックリした。ひどい。なぜ教えてくれなかったの」

慧の白い指がぱらぱらと帳面をめくる。その動きが、はた、と止まる。目当ての頁を見つけたのだ。ぐっと昊は息を詰めた。

「なぜ、僕に隠すの？　昊」

その頁を広げ、慧が目の前に差し出す。昊は自分が描いたその素描を、無言で見下ろした。

白い紙面には、一人の人物の顔が描かれていた。我ながら、相手の意思の強さを目の表情に表せたと思う。だが、描いた絵には現実とはまったく違う虚偽の一点があった。

紙面に浮かぶ多野乃絵は、長く艶やかな黒髪姿だった。

第四話「恋の呪い　懲罰小屋」

一月十二日（金）晴天

予定……特別鑑賞会　講堂に於いて
・安達《あだち》座　演目『鳴響《なりひびく》安宅《あたかの》新関《しんせき》』
・座員到着時刻　十四時予定　座員十一名
　演目開始時刻　十五時半予定
　座員退出時刻　十七時半予定
・楽屋（講堂内）世話役　多野エマ
（夕飯開始時刻十八時半予定　平時十八時より三十分遅延予定。
まかない三名増員要請←済）

・来客　予定ナシ

＊十三時　生徒間諍い
　懲罰小屋　生徒一名収容
　小屋の鍵貸与→その場で返却　数に異常ナシ
＊十五時十分　講堂内　壇上校章紛失
　捜索→約十五分後、物置部屋にて発見　無断撤去の経緯は不明

懲罰小屋生徒消失↑あり得ない！

＊

　何度敷居をまたいでも、ここには馴染めない。洋風の客室のソファに座る永人は、目の前に置かれた白磁のカップとソーサーを黙って見つめていた。白地いっぱいにまつわる唐草模様が、青く繊細な線で描き出されている。英国の高級陶

磁器会社の特注品。この一品だけで、檜垣家の財力と当主一郎太の西洋かぶれが窺える。のわりに、複数いる妾は日舞の師範や三味線奏者だし、妻や娘は畳敷きの別棟住まいだ。女は和風がいいってか。永人は鼻で笑った。

檜垣伯爵邸が建つ松濤《しょうとう》は、旧佐賀藩主の公爵家や政府が営む農場と牧場が臨めるのどかな場所だった。田んぼも広がる風景の中に建つ檜垣邸は白亜の洋館で、今いる客室は大きい玄関室の奥手にある。玄関から客室まで、永人が知る檜垣邸内はこの往復路だけだ。ソファにもたれた。先ほどから、部屋の隅に直立不動の姿勢で立っている男を横目で見る。

手島《てじま》と名乗るこの男、三十歳前後に見えた。檜垣家の運転手の一人で、永人のお守り役も兼ねることになったようだ。千手學園に永人を送り届けた家令の茂木みたいな慇懃《いんぎん》無礼《ぶれい》さはない。

が、無口、無表情は茂木の比ではなく、細い目の奥で何を考えているのか、永人にはさっぱり窺えなかった。

柱時計が午前の十一時を告げた。ここに通されてから三十分ほどが経っている。いつ、母に会わせてもらえるのか。

檜垣家の養子になる条件の一つが、母の千佳との定期的な面会だった。今日は千手學園に入学して初めての面会日だった。

とはいえ、面会の日時や曜日を千佳と永人が選べるわけではない。あくまで一郎太の一存で決まる。今日のように、平日の金曜という日時を突然指定されたのも、おそらくは一郎太の都合であろう。

そわそわと足を揺すりそうになって、あわててとどめる。まるで幼児だ。ちらりと手島を見るが、真っ直ぐに立つその姿はやはり動かない。

その時、部屋の外で人の気配がした。はっと永人は扉を見た。

母ちゃん？

けれど、ノックの後にしずしずと入ってきた和装の女性は母ではなかった。しかも三人もいる。

中心に立つ女性が頭を下げる。四十歳前後と思しき彼女が着こなす着物は、落ち着いた萌葱《もえぎ》色だった。見るからに上物である。型どおりの滑らかな動きからは、感情の波をまるで感じさせない。それなのに、こちらを全身で拒否していることが永人にも伝わった。

檜垣一郎太の妻、檜垣八重子《やえこ》だ。

「お帰りなさいませ」

冷ややかに言い放った八重子が向かいのソファの前に立つ。後から続く二人の女性も彼女の背後に並んで立った。なぜか三人とも座ろうとしない。

長女の詩子《うたこ》と次女の琴音《ことね》だ。詩子は十九歳、琴音は十五歳と聞かされている。八重子に似て無表情な目で永人を見下ろす詩子と、全身から好奇心をみなぎらせている琴音は、静と動の佇まいがまるで正反対の姉妹だった。

初めて檜垣邸に連れて来られた際、この戸籍上の母と姉二人とは顔を合わせている。その時以来の対面だ。

しかし、永人は戸惑った。てっきり、ここで母と会わせてもらえると思っていたからだ。

八重子が平板な声音で告げる。

「お父様は昨日から大阪に出かけております。第七《だいなな》銀行が堺の銀行と併合するとかで。その取りまとめに」

第七銀行とは有力華族が出資して設立した、いわゆる華族銀行だ。

……なるほど。永人は納得した。

あの男がこんな平日を指定したのは、大阪に出かける用事があったからか。妾の子供と顔を合わせずに済む、つまりは妻や娘たちに絡まれずに済むからだ。

つい笑い出しそうになる。が、こちらを睨む八重子の視線と出くわしてしまう。空咳をこほんと一つしてから、ようよう訊きたいことを切り出した。

「あの。母ちゃ……母は」

とたんに、八重子の細い眉がきりきりとひそめられた。琴音が高い声を上げる。

「やだ、何を言い出すのこの子ったら。芸人風情の女を家に入れるわけがないじゃない！」

　さっとこめかみが熱くなる。

「お前だって蒼太郎兄様のことさえなければ、檜垣の家の庭先にすら入れなかったのよ。それを産みの親までここに呼んでもらえると思うなんて図々しすぎない？」

「……」

「ちょっと手島。この子の送り迎えは檜垣家のものだと分からない車を使うんでしょうね？　今日、これから浅草に行くのでしょ。重々気を付けてよ」

「琴音」

　きんきんと通る琴音の声を、姉の詩子が落ち着いた声音で遮った。妹を目でたしなめると、静かに永人を見る。

「御空千佳さんには『琥珀《こはく》』でお待ちいただいています。今から手島に送らせます」

　浅草花街きっての料亭だ。檜垣一郎太を含め、政界や実業家など有力者も足を運ぶ老舗である。母の千佳もここの座敷にはしょっちゅう呼ばれるし、女将の華英《はなえ》はとにかく口が堅い。確かにここであれば、お忍びで千佳と永人も会いやすい、

　けれど、永人の心は一向に浮き立たなかった。それどころか、何もない狭い座敷に、ぽつりと囚われた母の姿を連想してしまう。

　しかも神田から松濤へ、そして浅草へ。このバカバカしい遠回りは、車を乗り換えるた

めだったのだ。妾の子供の存在を隠すため。永人はひそかにこぶしを握り締めた。

俺に力があれば。金があれば。

「ああ!」

突然、八重子が声を上げてその場に崩れ落ちた。あわてた琴音が母の身体を支えた。

「お母様?」

「蒼太郎……蒼太郎!」

失踪した息子の名を呼ぶ。琴音の眉も悲痛にしかめられた。

「どうしてこんな……どこに行ったの蒼太郎!」

「お母様」

「なぜなの? なぜあの子がいなくて、こんな汚らわしい子供がこの檜垣家にいるの? わたくしの目の前にいるの! 蒼太郎、帰ってきて蒼太郎……!」

汚らわしい。

立ち上がった。母の肩に手を添えていた詩子が顔を上げる。目が合った。

黒々とした瞳には、八重子や琴音の目に宿る忌避の色合いはなかった。むしろ静かで、母の嘆きを前にしても穏やかに凪いで見えている。

けれど永人はすぐに目をそらし、客間から出た。手島が音もなく後を追ってくる。

玄関のほうへと歩きながら、ぎりぎりと唇を噛んだ。固く握ったこぶしの爪が、手のひらに痛いほど食い込んでいる。

見てろよ。お前ら、全員。

いつか、必ず――！

夜も、昼も、浮かれた街だ。

永人は手島の運転する車の窓からぼんやりと外を眺めていた。

昼間の浅草寺界隈は、夜の猥雑さとはまた違い、参拝客などが行き交う活気にあふれていた。車内にも見世や興行小屋の呼び込みの声が滲みてくる。懐かしさに、なぜか身をすくませてしまう。

凌雲閣のとんがり頭、街並みの色彩豊かなのぼりがはためくのが遠目に見える。永人は数年前に見た東京博覧会の夜景を思い出した。街のいたるところに電球を括り付け、陽が落ちるとともにいっせいに電気を灯した。街全体が燐光を放ち、見慣れたはずの建物や寺社が生き物のように輝き出した。

あの時、この街こそが世界の中心だと本気で思った。自分の生きる場所はここだ、と。

だからこそ、母の千佳と引き離され、千手學園に放り込まれた当初は、浅草に帰ることだけを考えていた。

けれどこの頃、そんな帰りたいという気持ちは日に日に不安へと変わっていた。ここは日一日、刻一刻と変化する街だ。不在の者は、すぐに忘れ去られる。

きっと、あと半年もしないうちに、俺は帰れなくなるだろう。……だとしたら。だとしたら、俺の帰る場所とは一体どこだ……？

がくっと車が揺れた。目的地に停車したらしい。浅草観音裏、いわゆる花街界隈だ。今はまだ静かな料亭の並びに『琥珀』が見えている。が、手島は黙ったままだ。運転中も、この寡黙な男は一言も発していない。

まるで石だ。その石に向かって、永人は訊いてみた。

「檜垣蒼太郎って、どんなヤツ？」

無言。

「失踪したんだろ。どこで？　なんでまた」

檜垣蒼太郎の失踪については、今年の初頭に行方知れずになったとしか聞かされていない。千手學園でも同様だ。誰もが、彼についてほとんど触れようとしない。

やはり手島は無言だった。石と会話しようとした俺がバカだったたか。そう思った時だ。

「お人柄について言えば、大変穏やかで思慮深い方でした」

いきなり声が上がった。「うぉっ」と叫びかける。運転席のほうへ身を乗り出した。

「穏やかで思慮深い……蒼太郎が？」

「はい。蒼太郎様が声を荒らげたところなど、私は見たことがございません」

あの母親と琴音を見ていたら、とてもそうは思えない。が、詩子の静かな佇まいを思い出すと、少しは納得できる気がした。

「じゃあ、なぜ失踪なんか……事件に巻き込まれたとか？」

「私には分かりかねます。ただ、蒼太郎様が姿を消したのは学園内です」

「は？　学園内って……つまり目を盗んで脱走したってこと？」

多野乃絵にできるのだ。さらに背が高く、力のある男子であれば十分可能だ。

前を向いたままの手島が、表情を窺わせない声で続ける。

「いえ。私が聞いた話では……最後に目撃されてから、ほんの数分のうちに蒼太郎様は姿を消したと」

「はあ？」

「しかも、鍵のかかった場所から」

なんだそれ。

まるで大がかりな奇術じゃないか。

手島が肩越しに振り向いた。

「店の前でお待ちしております。三時半になりましたらお戻りください」

「え？　でも……学園に戻ると申告した時間が三時半なんだぜ？」

「本日は道が混んでおりましたので。少々遅くなりました」

思わず周囲を見た。人は行き交っているが、車が通れないほどではない。

「行ってらっしゃいませ」

そう言って手島が小さく一礼する。なぜか永人は答えに窮し、転げるように車から降りた。どこかで鳴る三味線の音色が、かすかに耳を打つ。

すると、道の向こうから見知った顔が歩いてきた。永人の心臓がどきりと高鳴る。

通称〝チンチロの三二《さんじ》〟だ。天才的な壺振り師で、狙ったサイコロの目をぴたりと出せる。永人も何度か壺の振り方を教わったことがある。酒にも金にもだらしがないが、役者ばりの色男なので女が放っておかない。よって、食うには困らない得な男だ。

永人に気付いた三二が目を見開いた。くわえタバコのまま「よお！」と手を上げる。

「ナガ坊じゃねえか」

その名前で呼ばれるのも久しぶりだ。永人に歩み寄った三二は、女たちが食べちゃいたいと評する甘い顔立ちをほころばせて言った。

「なんだ元気にしてたか？　おめえの噂は色々と――」

ところが、三二の顔からまたたく間に明るさが消えた。ふいと目をそらす。

「おっと。いけねえ。坊ちゃんにとんだ口を」

「え？」

「じゃあ俺はこれで。ごめんください」

そう言うと頭を下げ、そそくさと行ってしまった。永人はよそよそしい三二の態度にぽかんとした。

そしてそれは『琥珀』に行っても同じだった。出迎えた女将の華英は馴染みだというのに、「お待ちしておりました」と言うだけで無駄口の一つもきかない。

慇懃な態度で離れの奥座敷へと先導する女将の背中を見るうち、永人は思い付いた。檜垣一郎太に言い含められているのか？　二度と親しく言葉を交わすな、と。

永人の浅草時代をなかったことにするために。

「……」

ぞろりと腹の底が締め付けられる。やっと薄れてきた憎悪がまたも甦る。

離れの廊下を進み、部屋の障子の前で膝を付いた女将がよそ行きの声を上げた。

「お連れ様が到着です」

そう言ってからひと呼吸置き、女将が障子を開けた。母が正座していた。重厚な座卓の向こうで、ただでさえ小柄な身体がいっそう細く見えていた。永人を見上げて笑う。

「なぁちゃん」

幼い頃からの永人の愛称だ。子供っぽいからやめろといくら言っても、母はすぐに永人をこう呼ぶ。

けれど、今の永人は咎める気にならなかった。うん、と答えたきり、何も言えない。街の軽やかなざわめきが遠く聞こえた。今、自分はここにいるはずなのに、永人にはいつまでも実感が持てずにいた。

学園に戻ってきたのは夕方の三時過ぎだった。ほぼ予定通りの帰宅だ。

手島の厚意（おそらく）はありがたかったが、母親と息子が話す内容などたかが知れている。短い近況報告をしてしまうと、ほとんど話すことはなくなってしまった。

いや。母親とだけではない。

自分は、育ってきた街とも、何も語り合えなかった――

寄宿舎へと戻る。この茶筒形の妙な建物の外観をいくら説明しても、母の千佳には想像すらできないようだった。

玄関を入って丸い廊下を渡り、中庭へと出る。悠々と泳ぐエセ日本庭園の錦鯉を眺めながら、知らずため息をついた。鯉が反応したかのように、ひょいと身をくねらせる。

鯉の飼育にもやはりコツがある。専門の業者が定期的に池を掃除しては、餌のやり方などを用務員の多野一家にも教えているという。なんでもふた月ほど前、かなり高価な鯉が突然死んだとかで、乃絵も神経を尖らせていると言っていた。

赤や黒、金色の混じり合った豪勢な背中を見せつけながら鯉が泳ぐ。そのつんと澄ました様に、永人は檜垣家の面々を思い出した。

……焼いて食ったろか。

「永人君！」

声が上がった。見上げると、三階の回廊から慧が身を乗り出している。

「帰ってきた！　みんな、千手學園の少年探偵が帰ってきたよ！」

高らかな宣誓のごとく、慧の声が反響して降り注ぐ。永人は顔を引きつらせた。

だから探偵じゃねえって！

顔を引っ込めた慧が、やがて中庭に下りてきた。今にも飛び付かん勢いだ。

「お帰り、永人君！」

「……」

お帰り。

何をそんな嬉しそうなのか。

と思いつつ、こそばゆさに頰をかいた。

慧の背後から旲も現れる。威勢のいい慧に比べ、やけに硬い顔つきだ。おや。永人の目が対照的な双子の表情に留まる。

寮長を決める千手歌留多からここ一週間ほど、二人は以前ほどべったりとは一緒にいないようだった。ピアノの特別授業も、慧は来たり来なかったり。

けれど意外なことに、昊のほうが真面目に通い続けていた。さらには、なぜか東堂と黒ノ井まで顔を出すようになったものだから、今や放課後の音楽室は一種独特のサロンと化している。

双子の後から、潤之助やほかの生徒たちも中庭に下りてくる。永人は顔をしかめた。

おいおい。一体、何事だよ。

「あのね永人君……実はジュンの部屋からものが盗まれて」

「盗まれた？」

ジュンこと穂田潤之助が緊張した顔つきで頷いた。

「今朝、従兄弟《いとこ》にもらった外国の小説本がなくなっていることに気付いて……昨日の朝にはあったんだ。だからきっと、昨日のうちに部屋に侵入した誰かに盗まれたんだと思う」

「ジュンの洋書だけじゃないんだ。実はここのところ、ちょっとした盗難騒ぎが続いていたんだよ。文鎮とか万年筆とか。誰かが、生徒たちの部屋に侵入してるんだよ」

「はあ」

「だから永人君、犯人捕まえて！」

またとんでもないことを言い出す。永人はうんざりと首を振った。

「できるわけねえだろ。第一、本当に盗まれたのかよ。捜したのか」

「もちろん。学園中捜したよ。でもどこにもない」

「舎監に相談しろ」

「したよ！　だけど四六時中、見回るわけにもいかないし。だから犯人を捕まえたほうが早い。少年探偵の出番だよ！」

探偵じゃねえって！

「ただ単になくなったのを大げさに騒いでんだろ」

「そんなことないよ。だって立て続けだもん」

「じゃあ動機はなんだよ。嫌がらせか？　金目当てか？」

すると、慧の目がきらりと光った。

「僕、両方の動機がある人物に心当たりあるよ」

潤之助を含めた生徒たちが互いの顔を見合った。慧の言葉に戸惑っていることが伝わる。

「なんだ、あるんじゃねえか。だったらお前が舎監に報告しろよ」

「でも……どうかな。その前に、やっぱり永人君に相談したいと思って」

「はあ？　なんで俺に。盗難犯人が誰だろうと、俺には関係ねえよ」

「そう？　あの子でも？」

「あの子ぉ？」

「多野さんの息子」

息を呑んだ。昊も兄の言葉に唇を震わせる。ざわりと生徒たちがどよめいた。

「自分と同じ歳くらいの生徒たちにこき使われている。復讐してやりたいって思ってもおかしくない」

「……おい」

「あの子なら、学園中を歩き回っていても不自然じゃないもの。金だって、きっと」

「おい！」

か細い襟首を摑み上げた。ただでさえ大きい慧の目が、こぼれんばかりに見開かれた。

「檜垣！」

永人の腕に昊が組み付く。が、その手に力はなかった。

軽い慧の身体は、今にもぽっきり折れてしまいそうだった。けれど永人は手をゆるめることなく、慧を睨んだ。

「てめえにとっちゃ、これは単なるお遊びなのかもしれねえが」

「……」

「てめえのその一言が、誰かの生きる場所を奪うかもしれねえって考えたことがあるか？　ああ？　てめえは他人の人生に責任が持てるのか！」

なんだ。

腹の底から噴き出す、この感情はなんだ。

「てめえみてぇな世間知らず、苦労知らずが簡単に他人を選別できると思うなよ。爵位だ？　政治家だ医者だ企業家だ？　それがどうした！」

病弱だろうが菩薩だろうが知ったことか！

「少なくとも俺は、てめえみてぇなゲスじゃねえ！　上等だ、捕まえてやるよ。窃盗犯だかなんだか知らねえが、この俺が捕まえててめえの目の前に突き出してやらあ！」

「檜垣」、自分を呼ぶ昊の声には、やはり力がなかった。

「……ふふっ」

硬く握られた永人の拳に、鳥のさえずりにも似た笑い声が伝わった。

慧だ。

白い頬が薔薇色に染まっている。永人の怒号をものともせず、むしろその瞳はきらきらと輝いていた。

「ねえ。今日はピアノの特別授業でしょ。早く音楽室に行こうよ」

「あ？」

彼を摑む手がゆるんだ。地面に足をついた慧がよろける。が、すぐに姿勢を立て直すと、永人に迫った。

「やったね。永人君、犯人を捕まえる気になってくれたんでしょ」

「……」

まさか。こいつ。

わざと怒らせた？

慧がにっこり微笑む。その可憐な表情、あんな悪辣なことを言ったとはとても信じられない。

軽くつま先立ちをした慧が永人の耳元に唇を寄せた。さやさやと言葉を吹き込んでくる。

「永人君も昊と同じ。知ってたんだよね」

「……は？」

「僕だけ仲間外れにして。ひどいよ」

……それって。

乃絵が女の子だってことか？

「絶対に犯人を捕まえてね永人君。千手學園の少年探偵！」

策士。そんな言葉が真っ先に浮かぶ。

その気にさせただけではない。乃絵の秘密まで人質に取りやがった！

後に引けなくなった永人は、頷くしかなかった。慧が楽しげに両手を打ち鳴らす。

「〝千手學園寄宿舎盗難事件〟捜索篇の始まり！」

一時間ほどの特別授業を終え、中原が帰った後の音楽室には、永人と乃絵、来碕兄弟の四人が残った。今日は東堂と黒ノ井は顔を見せなかった。

「盗難事件？」

夕飯の準備のために、乃絵はすぐに寄宿舎に戻らなければならない。あわただしく身支度をしながらも、永人の言葉に驚いた顔を見せた。そして、すぐに合点したように頷いた。

「ああ、そのせいか。だからこの頃、寄宿舎の回廊や中庭を掃除してると、こっちを遠巻きに見ている生徒がいたんだ」

ぎょっとした。それは昊も同じだったようだ。二人して乃絵に詰め寄ってしまう。

「えっ？　本当に？」

「なんか見張られてるみたいだなって思ってたけど……そういうことか」

当の本人は他人事《ひとごと》のようだ。

慧があっけらかんと口を挟んだ。

「うん。君、疑われてるんだと思うよ」

「慧っ」

「ああ、そりゃそうでしょう。個室には鍵がかかってないし。わた……ボクは学園中に出入りできるし。ボクがここの生徒でも、同じことを考えると思うな」

「あ。僕も君のことを知ってるから。だから普通に話していいよ。多野乃絵ちゃん」

慧の言葉に、乃絵が永人と昊を振り返った。「ごめん」と昊が小さくうめく。

「その……ちゃんと黙ってるつもりだったんだけど」

「あー怒らないで乃絵ちゃん。昊の絵を僕が勝手に見たから分かっちゃったんだ。昊が君の秘密をばらしたわけじゃないよ」

「絵？」

なぜか昊の顔が赤くなる。そんな弟の代わりに、慧が張り切った声で続けた。

「というわけで、秘密を共有する僕ら四人で犯人を捕まえよう。君だって、妙な疑いをかけられたままじゃ気持ち悪いでしょ？」

「そりゃそうだ。だけどやってないものはやってない。私は誰に何を言われようと、痛くも痒くもないよ」

毅然とした乃絵の言葉に、さすがの慧も声を詰まらせた。……あれ。永人は不安になってきた。

この前から思っていたが、慧は乃絵に何やら対抗心を燃やしている……？

しかも乃絵はそれを受けて立ってないか？　エッ怖い！　どんな戦いだよこれ？

「私は何をすればいい？」

乃絵が永人を見た。対抗するように慧も続く。

「僕も！　犯人を捕まえるために何をしたらいい？　永人君！」

「え、えー……えーっと……じゃあまず、慧と昊はなくなったものを全部書き出せ。持ち主と、なくなった日時、場所をなるべく正確に」

「日時？」

「日付や時間からなんかしらの共通点が見えるかもしれないだろ。それに、その時間、その場所にいなかった人間を排除していけば、おのずと犯人が絞られていく」

「不在証明だね」

慧がはしゃいだ声を上げた。

「私は？」

「乃……いや、多野には、二人が集めてきた情報をもとに、校内や学園の敷地内を回る際に気を付けてもらうことになると思う。不審な動きをしている人物がいないかどうか」

「ずい分と曖昧」

そう言いつつも、乃絵は「分かった」と頷いて音楽室を出ていった。

すると、彼女の軽い足音が去ってすぐに、黙っていた昊が声を上げた。

「慧。多野さんの名前を口に出さないほうがいい。どこで誰が聞いてるか分からないから」

弟の言葉が意外だったのか、慧が目を丸くする。しげしげと昊の顔を見つめてから、

「そうだね」と素っ気なく答えた。

おいおい。永人の中で不安がふくれ上がる。

なんかこいつらまでギスギスしてねえか？　大丈夫なのか、こんなんで！

視線を合わせない双子の間で途方に暮れた。けれど、あらぬほうを睨む目つき、微妙にむくれた口元、そのどれもが、二人はやはりそっくりだった。


慧と昊の集めてきた「盗難目録」は次のようなものだった。

（一）三月二十日（火）四年生　阿部善純《あべよしずみ》　文鎮
（二）四月五日（木）五年生　林邦光《はやしくにみつ》　懐中時計
（三）四月二十六日（木）四年生　吉井清行《よしいきよゆき》　万年筆
（四）五月十日（木）二年生　三好忠男《みよしただお》　写真立て
（五）五月二十四日（木）三年生　穂田潤之助　洋書

「文鎮を盗まれたことに気付いた阿部先輩が、当時まだ寮長だった鳥飼先輩に相談したの

が始まりなんだ」

「それから日を置いて、次々とものが盗まれるようになった……」

三人で目録を書きつけた帳面を睨む。

「学年もばらばらだな。日付は正確か？」

「うん。なるべく詳細に思い出してもらった。まず間違いないよ」

「盗られた場所は、(一)と(四)、ジュンが部屋。でも(二)と(三)は正確じゃない。持ち歩くものだから。そして全員、盗られた時間は不明。気付いたらなくなってた」

昊の説明を聞いて、永人は考え込んでしまう。

時間が分からなければ犯人は絞り込めそうにない。疑われた乃絵のみならず、学園内にいるほぼ全員がどこにでも出入りできるのだから。

加えて、木曜日が多いことも気になった。

「この曜日に意味があるのか……？　それとも偶然？」

「でも(一)だけは火曜日だよ。これだけは別の犯人だとか？」

「とはいえ、この一連の盗難も同一犯によるものと決まったわけじゃねえからな」

土曜の午後。午前の授業と昼食を終えた永人は、来碕兄弟の案内で改めて学園敷地内を歩いていた。

とにかく広い。校舎や寄宿舎は敷地のほんの一角、森閑とした木立の中には温室やら研究棟らしきものなど、得体の知れない建物まである。石塀を越えると、東京の街並みがすぐそこに広がっているなんてとても思えない。

ここは〝国家〟だ。少年だらけの独立国家なんだ。

「こんな広いんじゃ、その気になればいくらでも隠せるな。ものでもなんでも」

「死体でも。なんてね」

朗らかに慧が言う。永人は鬱蒼として見える木立を振り返った。

おい、冗談になってねえって！

ひと通り敷地内を回り、校舎へと戻る。そんな永人の目に、奇妙なものが映った。

「なあ。以前から気になっていたんだけど。あれ、なんだ」

永人が指した先を二人が見る。「ああ」と昊がため息にも似た声を上げた。

「あれは……〝懲罰小屋〟だよ」

「懲罰小屋？」

校舎から百三十尺ほど（約四十メートル）離れた運動場の脇にぽつりと建つ細長い建物。鬱蒼と繁った木立を背に建つ様はひときわ異様だ。その感じは近付くにつれ、さらに強まった。

人一人がやっと立てるかというほどの狭さ、高さ。小屋というより、むしろ箱と言っていい。人詰め用の箱だ。

が、何より異様なのは、校舎のほうを向いた前面に下りる鉄格子だった。いかめしい格子の合わせ目に大きい南京錠がぶら下がっているのもしっかり見える。

「風紀を乱したり、校則違反を犯したりした生徒が反省のために入れられる小屋」

「……俺なんか危ないな」

「でも、もう使わないと思うよ。だって」

言いかけた慧がはっと言葉を呑んだ。気まずそうに昊と目を合わせる。

「使わない？　なぜ」

「……〝呪いの噂〟があるんだ。この小屋」

またか。生霊だの血を吐くピアノだの。この学園にいる生徒や教職員たちのほうがよっぽど得体が知れないと思うのだが。

「学園が創立した明治の頃、生徒の一人が実家の使用人の女と恋仲になったんだって。だけど家柄を考えるととても一緒にはなれない。だから二人は駆け落ちしようとしたんだ。生徒は、人目を忍んで学園を脱走することを企てた」

脱走。永人の胸がどきりと跳ねる。

「だけどすぐに見つかっちゃって。この懲罰小屋に入れられて鍵をかけられた。今後は学園や家の監視下に置かれ、二度と女には会わせてもらえない。悲嘆にくれた生徒は、この小屋の中で自害した」

こんな狭い箱の中で自害するなんて、クスリか刃物か、はたまたベルトや帯を使った首つりか？

ついこの手の話には眉に唾を付けてしまう永人だったが、慧と昊の顔は真剣だ。

「以来、懲罰小屋にはその生徒の呪いがかかってる。ここに閉じ込められた生徒を、自害した生徒が連れ去るんだ」

「……はあ」

それって「悪さをしたら山から鬼が来てさらっちゃうぞ」とか「へそを出していたら雷様に盗られるぞ」みたいなものではないか？　怖がらせることで生活習慣を正す。

あからさまにバカにした永人の表情を見て、慧がむくれた。

「信じてないでしょ！」

「だってお前、そんなガキじゃあるまいし」

「ほ、ホントだよ！　今では先生たちだってこの呪いを信じてるんだから。だ、だからこの懲罰小屋はもう使わないって」

「ハァ？　使わないって呪いのせいで？　そんなバカな」

「だって檜垣先輩が」

「えっ？」

檜垣？

「檜垣先輩、この小屋の中で消えちゃったんだ」

「……」

「しかも鍵がかかってた。それなのに……ほんの数分、目を離したすきに」

手島の言葉を思い出す。

ほんの数分のうちに
鍵のかかった場所から
義兄の蒼太郎が姿を消したのは、この小屋の中からだったのか！

慧が高らかに声を響かせた。

「だから呪いなんだよ。懲罰小屋の呪い。檜垣先輩は、生徒の幽霊に連れ去られたんだ！」

背後で鉄の軋む音が鳴った。ぎょっと永人は振り返った。が、すぐに自分の腕が南京錠に当たったのだと気付いた。

それでも、目に見えない何かがこの重たい錠に触れている気がした。小屋の隅に澱む暗がりが見られない。

何かが潜んでいそうで。

週明けの月曜日。

三時限目と四時限目は美術の時間だった。今日は各々が画用紙と画板を持ち、校内の好きな場所を写生するという授業だ。永人には美術教師の千手雨彦の手抜きとしか思えないが、教室の中に閉じ込められているよりはましだ。ほかの生徒たちも嬉々として広い敷地内に散らばっている。

永人は慧と昊とも離れ、一人で懲罰小屋の周囲をウロウロしていた。例の噂、そして蒼太郎の件があるせいか、自分以外に寄り付く生徒はいない。気持ちよい風が木々の梢を揺らしても、この小屋の周りにだけは届かないように思われた。

檜垣蒼太郎はこの小屋から姿を消した。が、詳しい経緯は慧と昊もほとんど知らないらしい。ただ、その日は蒼太郎の失踪以外にも二つの印象的な出来事があったという。

一つは。

「あの日は、講堂で特別鑑賞会の日だったんだ」

年に一度の催しで、外部から芝居や唄、楽器奏者などを呼び、講堂で鑑賞する日だったという。

講堂は正門から見て校舎の右手、寄宿舎とは反対側にある建物だ。これまた奇抜な外観で、多角形の一階部分に、ドーム型の屋根を備えた塔が載っている。武道の稽古に使うほか、一階には舞台もあるので、あらゆる催しや集会などにも使われていた。奥の階段室にある螺旋階段で塔部分に上れるらしいのだが、永人はまだ上ったことがない。

学園内にある建物はどれも意匠がばらばらだ。この統一性のなさ、もしかしたらそれぞれ設計士が違うのかもしれない。

この講堂で今年上演したのは、浅草で大評判の人形一座『安達座』だった。

『安達座』の座長安達寛衛門《かんえもん》は、もとは上方文楽の流派に属していた。人形遣いとしてすでに高名を得ており、上京して独立するにあたり、差別化を図るために頭《かしら》や手の部分を生き人形師に作らせた。これが大当たりしたのである。

永人も『安達座』の興行を見たことがある。目を引いたのは、なんと言っても本物と見まごう「生き人形」の頭だ。生きた人としか思えない、精巧な作りの人形が、泣き、笑い、呪詛《じゅそ》しているのだ。いつしか永人は作り物に過ぎない人形が本当に生きて呼吸しているように思ったものだ。この妖しくも猥雑な人形芝居に、人々は熱狂した。

この『安達座』が当日は呼ばれたという。演目は『鳴響《なりひびく》安宅新関《あたかのしんせき》』。山伏の恰好をして落ち延びる義経《よしつね》と弁慶《べんけい》が、安宅の新関の関守、富樫《とがし》に正体を疑われるという、有名かつ人気の演目だ。

そしてもう一つの印象的な出来事とは。

「東堂先輩と檜垣先輩が……大ゲンカしたんだ」

口ごもった昊の顔は青ざめていた。慧も同じく顔色を失っている。

「あの二人があんな声を荒らげるなんて……見たことがなかったから、本当にびっくりして」

「最後には檜垣先輩が東堂先輩に暴力を振るって……激怒した東堂先輩が、檜垣先輩を懲罰小屋に入れろって直訴したんだ」

「えっ」

東堂が蒼太郎を？

「先生たちだって東堂先輩には逆らえないもの。それにものすごい剣幕で、もう、僕たちみんなすくんじゃって」

確かに東堂は普段は穏やか（に見える）だが、かの東堂公爵家の令息であり、この学園の誰も逆らえない実権を持っている。その東堂が激怒したとなれば、生徒たち全員が震え上がるのも当然だ。

「結局、東堂先輩の訴えが通って、檜垣先輩は懲罰小屋に入れられた」

「そうしたら」

蒼太郎は消えた――

「また、ずい分奇抜な場所に目を付けたね」

声をかけられた。携えた画板ごと飛び上がる。

千手雨彦が立っていた。相変わらずやる気のなさそうな顔で歩み寄ってくる。

「懲罰小屋を写生の題材に選ぶとは、さすが独特の感性だね」

「あ。写生。忘れてました」

正直な永人の言葉に雨彦が苦笑した。横に並んで立ち、小屋を見つめる。

「愚かだよね。肉体を閉じ込めれば、心まで鎖に繋げるとでも言うのかな」

「……」

「今回の檜垣蒼太郎君のことについて、檜垣伯爵からは何らかの説明があったの?」

首を振った。檜垣一郎太からもほとんど何も聞かされていない。

察したのか、雨彦が頭をかいた。

「それは大人の怠慢だね」

「え?」

「君には知る権利がある」

大人。権利。

ふわふわしていただけの不良教師の輪郭に、初めて明瞭な線が通った気がした。

「君はこの一件のせいで、人生を変えられた。周囲の思惑によって。違うかい?」

「……」

「そんな君に、発端となった事件のことを説明しないなんて失礼だ。君はれっきとした一人の人間なのだからね。大人たちの道具ではない」

思いのほか熱い言葉に、永人は何も言えなかった。雨彦が照れたように頰をかく。

「僕も偉そうに言える人間ではないが。とにかく、檜垣蒼太郎君のことについて話が聞きたければいつでもするよ。僕の知ってる範囲のみだけど」

「……ありがとうございます」

「ねえ檜垣君。君は浅草に戻りたい？」

唐突な言葉に、永人はまたも声を吞んでしまった。

「つ、え？」

「僕も巴里から帰国させられた時は……毎日のように戻りたいと思っていたよ。だけどね。この頃、果たして僕が焦がれているものはなんなのだろう、と考えるようになったんだ」

「……」

「もしかしたら……現状の不満や自分の至らなさから逃げるために、かつての巴里を楽園のように思い込もうとしているだけなのでは、と」

「先生！」

木立の中から二人連れの生徒が現れた。手を振り、「先生、ご助言願います！」と朗らかに叫ぶ。

その声音に、雨彦がはっと目を見開いた。眠りから覚めたみたいに。

「……いけない。またよけいなことを言ってしまった。じゃあ、そういうことで。話が聞きたければ、いつでもおいで」

そう言ってはにかむと、永人から離れ、生徒たちのほうへ歩いていった。飄々とした背中が少しだけ逞しく見える。

戻りたい？　雨彦の問いを繰り返す。

ああ。戻りたい。でも——

戸惑う自分にうろたえた。

変わっていくのは、街だけではないのだろうか。

放課後。

音楽室にはいつもの面々が集まった。永人、来碕兄弟、乃絵。新顔の生徒も数人いる。東堂と黒ノ井も参加するようになったせいだ。

やがて、当の東堂が顔を見せた。生徒たちの羨望のまなざしを一身に浴びつつ、優雅に脚を組む。永人も彼の端正な横顔をそっと窺った。

蒼太郎が消えた当日、東堂とひどいケンカをしたという。が、この超然とした佇まい、そして人をけむに巻くような普段の言動からは、激怒している彼の姿などとても想像できない。

しかし、だからこそ諍いの原因が知りたい。もしかして蒼太郎の失踪とも関係があるのではないか?

視線に気付いた東堂が、永人を見て微笑んだ。

「ピアノの特別授業、人が増えてきたね。楽しみだ。もうすぐ影人も来るよ」

ところが、中原が意気揚々と現れてピアノを弾き、意気揚々と読譜や簡単な運指法を教え、そして意気揚々と帰ってしまっても、黒ノ井は現れなかった。おや、と東堂が眉をひそめる。

「おかしいな。来ると言っていたのに」

四人と東堂以外の生徒たちも帰ってしまった。ボクも、と乃絵が立ち上がりかけた時だ。

黒ノ井が姿を現した。いつになく髪も乱れ、制服の襟元も開きっぱなしという恰好だ。

相棒のあわてた姿に東堂が目をすがめる。

「なんだそのだらしのない恰好は」

「まずいことになった」

「は?」

「なくなってる。盗まれたみたいだ」

盗まれた。一同が息を呑む。

どさりと椅子に腰かけた黒ノ井が、深いため息をついた。

「まずい。これは非常にまずい」

その思いつめた様子に、永人たちも顔を見合わせた。昊がおそるおそる口を開く。

「何が盗まれたんですか……？　先輩」

「ハンケチ」

「ハ？」

ハンケチ？　手巾《しゅきん》？

拍子抜けした。あまりに深刻な顔をしているものだから、何を盗まれたのかと思ったら。

ぶふっと東堂が吹き出した。

「もしかしてあれか。例の」

「そうだよ。まいった。まさかあのハンケチが」

「盗難とは限らないんじゃないか。どこかに置き忘れたとか」

「ないな。何しろ、送られてから一度も手を触れていない。だからずっと部屋の机の引き出しに入っていたはずなんだ。それがないってことは……誰かが部屋に入って持っていったとしか思えない」

きょとんとした四人に、東堂が説明してくれた。

なくなったハンケチは、長野の旧藩主、庭場長篤《にわばながあつ》子爵ご令嬢、幹子《みきこ》からもらったものだという。二人は昨年の秋に黒ノ井製鉄主催のパーティーで初めて顔を合わせた。

「今になって思えば、あれは全部仕組まれていた」

苦々しく眉根を寄せた黒ノ井がうめいた。

黒ノ井の両親は庭場幹子と息子を添わせたいという意向だった。つまり、パーティーとは名ばかりのお見合いだったわけだ。

そして幸か不幸か、幹子は黒ノ井に夢中になった。彼がお見合いだったと気付いた時には後の祭り。ろくに口をきいた記憶もない女性と、「結婚を前提」に交際を強要される。

「今後のためにも、華族と縁づいておきたいと両親は考えたのだろうな。さらに庭場子爵は船会社を経営している親戚がいるせいか、外国人の技術者とも交流がある。そういう意味でも、父はこの縁談にひどく乗り気なんだ」

憂鬱そのものの声だ。大企業家の息子というのも大変だ。

一方、面白がっている顔つきで東堂が振り返った。

「それからというもの、幹子嬢は影人に長野からせっせと手紙をくれるんだ。健気だろう?」

「お前は……他人事だと思って……」

「他人事だからね」

「楽しそうに言うな！」

「でね、今年の正月明け早々、手紙と一緒に、あのハンケチが送られてきたんだ」

「ハンケチが？」

「なぜか彼女自身の名前が刺繍されていて。肌身離さず持っていてくださいと手紙には書かれていた」

「ああ。おまじない」

おまじない。全員が言葉の主を見る。

言ったのは乃絵だった。永人たちに見つめられ、顔を赤くする。

「あ、えっと」

「おまじない？　おまじないってなんだ」

黒ノ井が勢いよく立ち上がる。乃絵が逃げ腰になった。つい、永人は二人の間に割って入ってしまう。

「まあまあ落ち着いて先輩」

「落ち着けるか！……ああいや、怒鳴ってすまない。その、おまじないってどういうことかと思って」

肩越しに乃絵を見た。永人を見上げた彼女が、ごく、と喉を鳴らす。

「ボ、ボクも母から聞いたのですが……それは女の子の間で流行っているおまじないだと思います。ハンケチでもなんでも、同じものに自分と相手の名前を刺繍するんです」

「自分と相手の名前？」

「はい。で、相手は自分の名前が入ったもの、自分は相手の名前が入ったものを手元に置いて、互いに肌身離さず持ち歩くんです。そして次に顔を合わせる時、それを交換する」

「……」

「そうしたら、二人はめでたく結ばれるっていう……おまじないなんですけど……」

「だからか！」

のけ反りそうな勢いで黒ノ井が悲鳴を上げた。

「今度の日曜、彼女がご両親とともに上京するんだよ。会う約束をしているのだが……あのハンケチを必ず持ってきてくれ、としつこいほど書いていた！　そういうことか！」

「うわあ。絶体絶命だね影人」

「だからお前は楽しそうに言うな！」

「黒ノ井先輩のハンケチも、例の盗難事件の犯人によるものでしょうか」

生真面目な声で昊がつぶやいた。うん、と永人も頷く。

「かもな。先輩、ハンケチを最後に見たのはいつだか覚えてます？」

「えっ？　あ、あー……一か月くらい前？」

答える黒ノ井の目が泳ぐ。永人は呆れた。

嘘だな。アンタ、実はまったく覚えてないだろ！　第一、送られた時から手も付けていなかったと言っていたではないか。今日になって、今週末の約束を思い出してあわてて捜したに違いない。

「肌身離さず持っていたら、いつなくなったか分かったでしょうねぇ」

可愛く朗らかな声で慧が言い放った。昊が今にも卒倒しそうな表情で兄を見る。

それって嫌味か？　それとも無邪気？

すると、消沈していた黒ノ井が永人の肩を激しく摑んだ。勢いよく揺さぶる。

「き、君たち盗難事件を調べてるんだろ？　犯人が分かったら、盗まれたものも戻ってくる、そうだな？」

「まあそうですけど……でも戻ってくるかどうか、確実には」

「いいからまずは犯人を捕まえてくれ。俺も協力するから！　一刻も早くハンケチを取り返さないと」

「意外だな。影人が女性に対してそんな誠実だったとは」

失礼千万な相棒の言葉を黒ノ井が振り返った。

「お前は知らないんだよ！　庭場嬢は思い込みの激しい女性なんだ……ハンケチをなくしたなんて知られてみろ。今度は何を言い出すか」

「しかも盗まれたことに今の今まで気付かなかったという。薄情な男だよねえ」

「呪いだ……呪いのハンケチだ……」

「呪いじゃない。おまじない」

「どっちも似たようなものだ！　ああ、これだから女は面倒だ！」

ひやりとした。乃絵のほうを振り返りたい衝動をやっとのことで抑える。

「わ、分かりました、力を尽くします。で、早速ですが。先輩を盗難の被害者だと仮定してですね。この面々を見て何か思い当たることがあります？」

盗難の目録を書きつけた紙を見せる。東堂も覗き込んできた。

「木曜が多いね」

「そうなんです。これもきっと何らかの理由があるのではないかと。どうですか先輩。この顔ぶれ、何か共通点とか思いつきます？」

「学年もバラバラだからな……あ」

黒ノ井の目が見開かれる。

「あれ？　なんだ。何か引っかかる、この顔ぶれ」

「ホントですか？」

「思い出したらすぐに言うようにする。ああ……それにしてもなんて厄介なんだ」

「黒ノ井影人君。恋する女性の純情を、そんなふうに言うものじゃないな」

たしなめるように東堂が首を振る。言葉とは裏腹に、その姿はどう見ても面白がっていた。黒ノ井がますます渋い顔になる。

恋。ふと永人は気付いた。

恋ゆえに懲罰小屋に入れられ、果てた男子生徒。

その懲罰小屋に入れられ、そして消えた（とされる）義兄の檜垣蒼太郎。

もしや、彼もまた、誰かと想いを通わせていたのでは？


夕飯の支度を手伝うという乃絵と寄宿舎に戻りながら、永人は訊いてみた。

「なあ。檜垣蒼太郎ってどんな生徒だった？」

「はっきり言ってまったく印象にない。生徒は常に七十人から八十人いるもの。もちろん名前と顔は全員覚えているけど、どういう生徒だったかと訊かれると困る」

「つまり大人しくて地味だったと」

「会ったことないの？　お兄さんなのに」

「顔も知らねえよ」

知らず、言葉がきつくなる。乃絵が口を噤んだ。……しまった。そうは思うものの、もう遅い。黙って歩く二人の目の前に、寄宿舎の威容が近付いてくる。

すると、乃絵がぽつりとつぶやいた。

「お兄さんを最後に見たの、父さんだったの」

「多野さんが？」

乃絵曰く、一月十二日当日、『安達座』の公演が終わって生徒たちが寄宿舎に引き上げ、教職員たちも全員帰宅した後、多野柳一は日課である校舎内の見回りに出た。

「その時、運動場の端に建っている懲罰小屋の中に、檜垣さんは確かに立っていたんですって」

校舎右棟の一階、運動場に面した北出入り口と短い廊下で繋がっている平屋建てが用務員室だ。玄関を入ってすぐの広い土間が用具置き場を兼ねており、障子が立てられた奥の二間が住居になっていた。それぞれの部屋の窓から懲罰小屋が見えるという。

暗がりではあるが、月の明るさに、彼の白い顔が浮かび上がっていたという。遠目ながら相貌はしっかり判別できた。微動だにせず、じっとこちらを見つめていたと。

「それが彼の姿が目撃された最後。時間は父さんが見回りに行く十八時五十分」

芝居が上演されていたため、普段より少し遅い見回りだったのだ。

「だけど右棟の一階を見回り始めてすぐに、カンテラの油が切れちゃったんだって。だから急いで用務員室に戻った。で、部屋にあったカンテラを手に取って、ふと小屋のほうを見たら」

その瞬間を想像し、ぞくりと肝が冷えた。

「ついさっきまで立っていたはずの生徒の姿が、影も形もなく消え失せていた」

何度目を凝らしても、小屋の中には誰もいなかったという。

「だから父さんは大あわてで寄宿舎に行って、生徒が消えたことを報告した」

「自分でまずは小屋に行って確かめなかったのか？　鍵が開いてるか、とか」

「無理だよ！　あの東堂さんの怒った姿を見たら……勝手に近付いたりして、もしも関与を疑われたら、自分たちなんてすぐに解雇されるって父さんは思ったの。だからまずは夕食時の寄宿舎に知らせに行った」

そう言う乃絵の顔は強張っていた。気丈な彼女にこんな表情をさせるとは、東堂の怒りはよほどすさまじかったに違いない。

「それからはもう大騒ぎ。学園中どこを捜しても檜垣さんはいなくて」

「小屋の鍵はかかっていたのか？」

「うん。ちゃんと小屋の鍵はかかってた。あまりにあり得ない状況で消えたから、父さんが手引きしたんじゃないかって疑う人もいたみたい。もちろん父さんは否定したけど……私たち、解雇も覚悟してたの。でも、どうにかそれだけはまぬがれた」

そしてそれきり、檜垣蒼太郎の姿は消えたままなのだ。

ああ、と天を振り仰いだ。

「なんなんだよこの学園は……それこそ呪われてんのか？　盗難事件だって解決してない

のに！」

「盗難……そうだ。ねえ、父さんの日誌、確かめてみる？」

「日誌？」

「そう。あの盗難目録に書かれてる日付と、日誌を照らし合わせてみるの。学園の中で気になることがあったら、必ず記録しているから。何か気付くかも」

「ああ。なるほどな。お前、頭いいな」

「あのね。オマエってやめてくれる？　ちゃんと名前があるんだから」

「じゃあ乃――はダメだから、やっぱり〝乃莉生〟か」

「多野でいい」

なぜかむくれたようにそっぽを向く。コロコロ変わる乃絵の表情に、永人は頭をかいた。

ダメだ。女の子は分からない。

「君は？」

すると、明後日の方向を見たまま、乃絵がつぶやいた。

「は？」

「君のことはなんて呼べばいいの。〝檜垣君〟でいいの」

「……」

檜垣。

「いやだ」

強い拒絶が口をついて出た。乃絵が振り返る。

「檜垣はいやだ。名乗りたくない」

「……」

「だけど今は……仕方がない。俺にはまだ、力も金もないから」

「……力と金を手に入れたらどうするの」

「逃げる」

乃絵の目が大きく見開かれる。

「自由になる」

「できる？」

「分からない」

「どこに行けば、自由になれる？」

かすかに高揚した声音が風に飛ぶ。思わず永人は乃絵と見つめ合い、すぐに目をそらした。

「それも分からねえ」

「だけど、目指すのね」

「あたぼうよ。飛ぶと決めたら、翼がなくても飛んでみせらぁ。それが男よ」

軽やかな笑い声が耳を打った。屈託なく笑う乃絵の表情に、永人の目が引かれる。

「女だって飛ぶわよ！　〝名無し〟君！」

そう言うと寄宿舎のほうへ駆け出した。

「誰が名無しだ！」

彼女の背中が木立の中へ吸い込まれていく。華奢な後ろ姿を見送りながら、自分の口から出た言葉が、自らの胸を打ったことを感じていた。

飛んでみせる。


次の日の昼食時。永人は給仕をしている乃絵が盛んに目配せを送っていることに気付いた。そこで昼食後、厨房裏に回って彼女を待った。程なく勝手口が開き、乃絵が顔を出す。

「放課後、ここで待ち合わせできる？」

「できる。何か分かったか？」

「昨日父さんの日誌を確かめてみた。そしたら……気になることがあったから」

彼女の聡明さ、機転は信用できる。永人も頷き、いったんは厨房から離れた。

そして放課後、落ち合った二人は寄宿舎の裏手に広がる木立の中に入っていった。

乃絵は小さいスコップと日誌を持ってきていた。日誌をめくりながら言う。

「三月の二十日に確認された、最初の盗難事件があるでしょ。文鎮」

四年生の阿部善純の所持品だ。

「それ、どんな形しているか訊いた？」

「ああ。文鎮っていうから、細長いのかと思ったら違ってた。有名な鋳物工場に発注した特製品で、善純の干支である丑をかたどったものだった」

「もしかしてそれ、このくらいの大きさ？」

乃絵が親指と人差し指で小さい丸を作った。一寸（約三センチ）強の大きさだ。その通りだったので永人は驚いた。

「なぜ分かる？」

「きっと一つじゃないでしょ」

「ああ。同じ鉄製の丑の形のものが三つ。それも全部なくなって……て、ちょっと待て。なぜ数まで分かる」

「だとしたら、その文鎮、見つかるかも」

「えっ！」

仰天した永人に乃絵が日誌を押し付けた。「見て」と開いた頁を指さす。

「ここ。三月二十二日」

「文鎮がなくなって二日後……え」

紙面には、多野柳一の几帳面な字が書き込まれていた。その中の、とある言葉に永人の目が釘付けになる。

「鯉が死んだ……？」

眉をひそめた乃絵が小さく頷いた。

「そう。私たちが用務員として住み込んでから、一匹も死なせたことなんかなかったの。それなのに」

「それと文鎮とどんな関係が。あ」

大きさ。永人は乃絵を見た。

「まさか。鯉が呑み込んだ……？」

「あり得ないことじゃない。だってその鯉、沈んでたんだもの」

「沈む」

「普通は浮いてくるでしょ。お腹とかに空気が溜まって。それなのに池の底に沈んで死んでた。おかしいなって思って父さんと網ですくったんだけど。今になって思えば、ずい分と重かったような」

重さで浮き上がれず、酸素欠乏状態に陥ったということか。

「舎監の深山先生に処分しろって言われたから、敷地内にこっそり埋めたのよ」

「ということは……もしも本当に文鎮を鯉が呑み込んでいたら」

金属だから溶けてなくなるようなこともない。乃絵の推測が正しければ、土中に残っているはずである。

「すげえ！　すげえよお前——じゃない、乃——じゃない、多野！　よく気付いたな」

「え、そ、そうかな。と、とにかく掘り起こしてみようよ」

が、永人は周囲を見回した。

「だけどこの広さだぜ？　埋めた場所なんて分かるのか」

「それは平気。目印があるから」

目印？　首をひねる永人に構わず、乃絵はずんずんと木立を奥へと進む。

敷地を囲む石塀が見えてきた。塀に沿って歩く乃絵が「あそこ」と前方を指す。

堅牢な石塀に四方が七、八寸（約二一〜二四センチ）ほどの穴が穿たれている。覗き込むと、穴は厚い石塀を斜めに貫通していた。かなりの傾斜があり、往来らしき光が奥に見えた。

「芥穴《あくた》よ」

「あくた？　ごみか」

「そう。外の道端に学園専用のごみ桶が置いてある。学園中のごみをここから落とすの」

いちいち外に出て、塀を回り込む手間が省けるわけだ。

「だけど珍しいな。普通は焼却炉で燃やすものなんじゃねえのか」

「この学園は違うみたい。しかも出す時間がきっちり決まってる。ごみ回収日の早朝六時。多分、学園に雇われたくず屋が外で待ち構えているんじゃないかな。出たごみを荷台に載せて、すぐ回収するために」

「お偉い家の子供ばかりだからな……ごみも慎重になるのかな」

「それに、敷地内で火を扱ってほしくないんだと思う。で、鯉はこの穴の真下に埋めた」

しゃがんだ乃絵がスコップで石塀沿いの地面を掘り始める。永人も素手で続いた。

「なんでここに？」

「深山先生には野菜くずと一緒に捨てろって言われたけど、万が一また鯉が死んだ時、この死骸があったほうがいいと思ったの。原因の特定に役立つかもしれないでしょ」

「……」

「だから分かる場所に埋めておいた。まさか本当に掘り返すことになるとは思わなかったけど」

つくづく機転が利く。永人は感心して一心に地面を掘る乃絵を見た。

「あ」

その乃絵の手が止まる。彼女にスコップを貸してもらい、永人は猛然と地面を掘った。

「う」

刃先がぐにゃりとした感触のものに突っ込んだ。土に還りきっていない鯉の死骸か。気色悪さに震え上がりながらも、さらに掘った。

かち、と硬い音が響いた。二人同時に息を呑む。永人は土の中に指を深く突っ込み、それを摘まみ上げた。

ころころと丸みを帯びた鉄の丑が、土中から現れた。

「慧！　昊！」

あわてた様子で部屋に飛び込んできた永人を見て、双子が驚いた顔をした。

「永人君？　どうしたの」

「盗難事件の一人目……文鎮の阿部善純。部屋、どこだ。教えろ」

永人の握っているものを見た昊が目を瞠った。

「それ！　文鎮じゃないか？」

「えっ、そ、それどうしたの永人君」

水で洗い流した文鎮はつやつやと黒光りしていた。小ぶりなわりに持ち重りがする。確かに、鯉がこんなものを三つも呑み込んだらひとたまりもない。

鯉が文鎮のせいで死んだこと、そして乃絵が日誌からその可能性に気付いたことを話すと、昊は感嘆の声を上げた。

「すごいや」

「でも……それ、あまりほかの人に言わないほうがいいかもしれないよ」

ところが、慧が冷静な声を重ねた。思わず永人と昊は彼の顔を見てしまう。

「え？」

「だって。今の話を聞いて、ほかの生徒や先生たちも同じように考えるかな？」

「どういうことだ」

「だから。見つけられたのは、彼女こそが犯人だからって考える人もいるってことだよ」

う、と息を呑んだ。言われてみればその通りだ。昊も青ざめる。

「そんな」

「もちろん僕らは分かってるよ。だけど、そう思う人もきっといる。あの子、ただでさえ疑われているんだから」

「ハァア……慧、お前本当に底意地が悪いんだな。そんなことに頭が回るなんて」

ため息交じりの永人の言葉に、慧の顔が真っ赤になった。

「ぼ、ぼ、僕は意地悪なんかじゃないよ！」

「いやいや。俺は誉めてんだって。その図太さ、情を交えない冷静さ、大したもんだ。お前、実は政治家向きなんじゃねえか？」

「ムギーッ！　ひ、ひどい、ちっとも嬉しくない！　僕は意地悪じゃない、永人君のバカ！　永人君のほうが意地悪だ！」

地団駄を踏む慧を見て、永人は思わず笑ってしまった。菩薩だのと言われている彼より、ずっと自然だ。

へらへら笑う永人を見た慧の顔が、ますます赤くなる。弟を振り返った。

「昊！　なんとか言ってよ！」

が、昊は唇を引き結んだままだ。

「昊っ？」

「……本当にそう思っているんだろ」

「え？」

慧が眉をひそめた。

「慧はあの子が盗ったって思っているんだろ。だからこの前もあんなひどいこと……彼女が盗んだっていう噂だって、本当は慧が流したんじゃないのか？」

慧の目が見開かれる。顔の赤みが一気に引いていく。

「昊。本気で言ってるの？」

「……」

「そんなふうに思ってたの……？」

まずい。永人は不穏な双子の間にあわてて割り入った。

「とにかく、本当にこれが盗難品か阿部って四年生に確かめてもらう。行こう！」

硬い顔つきの二人を急かし、阿部の部屋に連れて行ってもらった。彼の部屋は二階の『花紺青《はなこんじょう》』という部屋だった。

三階は『I』だの『IX』（因縁の！）だの、ヘンな数字だったが、二階の部屋名はさらに変わっていた。ほかにも『勿忘草《わすれなぐさ》』、『洒落柿《しゃれがき》』など、一部屋ずつ違う名前が付いている。なんでこんな名前なのかさっぱり分からない。

在室していた阿部善純は、目端の利きそうな顔立ちだが、どことなく神経質にも見える生徒だった。突然訪れた三人を見て戸惑った顔をする。が、その表情は永人が取り出した文鎮を見て驚愕に変わった。

「それ！」

「先輩のもので間違いないですか？」

「ど、どこにあった？」

詳細な説明は避けた。乃絵が疑われるようなことがあってはならない。

「えーっと、それはまた追々。ところでですね、先輩はこの生徒たちに覚えがありますか？」

持ち歩いている例の目録を阿部に見せた。

「ここに黒ノ井先輩も入るかもしれません」

「えっ？」

副会長の名前に、阿部は目を剝いた。

「く、黒ノ井先輩も……？　本当に？」

「はい。どうですか、何か共通点とか思い当たります？」

黒ノ井の名に怯えたのか、奇妙におどおどとした様子で紙片を見つめる。やがて、神経質そうな目元をひくつかせながら顔を上げた。

「あの。もしかして、なんだが」

「えっ！　な、何か思い当たります？」

「〝かしらの会〟なのではないかな」

〝かしらの会〟という言葉を聞いて、黒ノ井は勢いよく立ち上がった。

「そうか！　それだ、その会のメンツだったんだ」

「影人のお父上が主宰しておられる同好の会だね」

椅子に座っている東堂が頷いた。

阿部の部屋を辞したあと、四階にある黒ノ井の個室を訪ねた。ちょうど東堂も居合わせており、訪れた永人と来碕兄弟の話を彼も一緒に聞いていた。

「なんです？　〝かしらの会〟って」

「浄瑠璃人形の頭を愛でる同好の士の集まりだ。愛好会とでも呼ぶのか」

「人形の頭だけを、ですか？」

慧と昊がきょとんとした顔をした。が、永人は妙に納得してしまう。

浅草にいた当時も、あらゆる類の好事家を見てきた。人形そのものに入れ上げる金満家もいれば、このように一つの部位を偏愛する者もいる。それこそ、熱を上げた芸人や役者が捨てるゴミ屑ですら収集する輩もいたのだから、人間の執着心とは様々だ。

「結構熱心に活動している会なんだよ。会員で資金を出し合って、贔屓の人形師や一座の後援をしたりね。先日の鑑賞会も、会の紹介で」

言いかけた黒ノ井が口を噤んだ。先日とは、永人の義兄、蒼太郎が失踪した日に上演された人形芝居のことであろう。

「……盗難被害に遭っているのが、〝かしらの会〟に入っている家の生徒ばかりだとして。ほかにも会員生徒がいますか？」

「んー？　待て。会合をしょっちゅううちで開いていたから……そうだな、確か今年の一年、須長《すなが》君の父上も会員だ。それと――」

彼の目が見開かれる。何かに気付いたのか。永人は身を乗り出した。

「なんです？」

「いや……四年の嘉藤友之丞《かとうとものじょう》君の父上も会員だったのだが」

「〝だった〟？」

「帰省した時に母から聞かされたのだが、昨年、嘉藤氏は会を抜けたようなんだ」

「抜けた？　なんで」

眉をひそめた黒ノ井だったが、すぐに続けた。

「どうやら『安達座』に諍いの原因があったようで」

「『安達座』……鑑賞会の日に上演した一座ですね」

「うん。知っての通り、『安達座』の「生き人形の頭」は衆目の的だ。父を含め、あの人形一座を贔屓にしている会員も多い」

「先日の『鳴響安宅新関』でも、たとえ山伏姿であろうと、義経の高貴さは失われていなかったからね。人形なのに大したものだと思ったよ」

東堂がしみじみと感心した声音で言った。

「だが……嘉藤君の父上は、あの頭がどうにも受け容れられなかったらしい」

「『安達座』の人形を？」

「頭を人間に近付ける必要などない。人形の頭は、人に非ざるものだからこそ、人それぞれの心を投影できるのだと。それをしないのは鑑賞者の怠慢に過ぎないと強固に主張した」

「説得力がありますね」

「俺もそう思う。けれど彼の意見に賛同する者がいなくてね。何しろ、父が『安達座』の熱烈な支持者なんだ」

主宰者、それも天下の黒ノ井に意見できる会員はいなかったということか。つまり嘉藤氏は孤立し、そして脱退を余儀なくされた。

「最後には嘉藤氏と父との間でかなり激しい口論になったらしい。結果、会員たちの面前で、父が嘉藤氏に恥をかかせるような形になってしまった。だから母がしきりに気にしていてね。嘉藤君も学園の生徒だから、俺が恨まれてここでの生活に支障が出るのではと」

支障も何も、学園内で黒ノ井に逆らえる、ちょっかいを出せるなど東堂くらいのものであろう。彼の母親の心配はまったくの杞憂だ。むしろ嘉藤友之丞の立場のほうが——

はっと永人は息を呑んだ。見ると、黒ノ井も顔をしかめている。

「まさか……その腹いせ？　嘉藤友之丞が会員生徒の持ち物を盗んで回ってる？」

「考えたくはないが。だが、ここまで〝かしらの会〟会員の生徒が並ぶと偶然とは思えないね」

「ほかに会員生徒はいますか？」

「おそらくいない。嘉藤君と、あとはさっき言った一年の須長君だけだと思う」

「見張るしかないね」

東堂が言葉を挟んだ。

「見張る？」

「原因は不明だが、盗難は木曜日に集中している。今日は火曜日。明後日まで嘉藤君の行動を見張る。今の推測が当たっていれば、嘉藤君が須長君の持ち物を盗る可能性が高い」

永人も頷いた。

「先輩の言うとおり。だから誰かが嘉藤の動向を見張らなきゃならないわけだが」

「はい！　はいはい、僕がやる！」

とたんに、慧が嬉しそうに手を上げた。

「探偵團っぽくなってきたね、ワクワクしちゃう」

「却下」

「なんで！」

「お前だと、はしゃぎすぎて嘉藤に不審に思われる。それより、慧と昊は一年の須長を見張ってくれ」

双子が顔を見合わせる。が、すぐに目をそらした。永人はひそかにため息をつく。

おいおい。いい加減仲直りしろっての。

「なかなか面白そうだね。嘉藤君を見張る役目は僕がやろうかな」

横から東堂が手を上げた。永人は苦笑いする。

「いやいやいや。もっとも不自然で不審で、しかも怖いでしょ。嘉藤が犯人だったとしても、先輩に周辺をうろつかれたら、怯えて何もしないに決まってるじゃないですか」

「そんな、人を魔除けの札みたいに」

蒼太郎とケンカをした時、生徒や教職員たちを震え上がらせた東堂なのだ。彼にうろつかれては、犯行現場を押さえられなくなる可能性のほうが大きい。

すると、昊がいつになく高い声を上げた。

「あ。じゃあ川名先輩は？　寮長だし。四年生だし。きっと協力してくれる」

「おお。そうだった川名先輩がいた！　昊、よく気付いたな」

「解決したいからね。僕も」

思いがけず永人に誉められた昊がはにかんだ。黒ノ井が口を挟む。

「それにしても君ら、熱心だな。わざわざ犯人を捕まえようなんて……もちろん俺にとっては助かるが。それって学園愛の為せる業？」

「いや、別にそういうわけでは」

乃絵が疑われたことが発端だなんて言えない。よけいな関心を彼女に集めたくない。

そんな黒ノ井の肩を、東堂がぽんと叩いた。

「彼らが犯人を捜す。理由なんか決まっているだろ、影人」

「あ？」

「千手學園の少年探偵團だからだよ。ね」

そう言って東堂は清々《せいせい》と笑った。屈託のない笑みに、永人の中でまたも疑問が兆す。

檜垣蒼太郎と壮絶なケンカをした。

果たして、その原因は？


黒ノ井の部屋を出た後、図書室に行くという昊と別れた。慧も一緒に行くのかと思ったが、付いていかなかった。こちらのケンカもどうやら深刻だ。

「昊の帳面、勝手に見ちゃったから。怒ってる」

何が描いてあったのか知らないが、昊にとってはよほど見られたくないものだったらしい。回廊の手すりから中庭を見下ろした慧が、しょんぼりつぶやいた。

「謝りたいんだ。だけど、なんか悔しい」

「ハア？」

「僕が悪かったって認めたら……あの子のことも認めなくちゃならない気がして」

「あの子って、もしかして多野のことか」

慧が頭上を見上げた。吹抜けの丸い形に切り取られた空を見上げる。

「そういえば、あの子ってこの前観た『安達座』の芝居とは逆なんだな」

「うん。人形芝居では、安宅関を通ろうとした義経は町娘姿に化けていたんだ。で、そこを関守の富樫に疑われ、弁慶は義経を下女であると偽り、泣く泣く打ちすえる」

ん？　永人は眉をひそめた。

あの演目、義経は確か山伏姿だろ？　第一、町娘では時代も違うんじゃないのか？

すると、慧がふっと表情を曇らせた。

「あのね永人君……実はあの日、芝居の前に講堂の舞台に掲げてある校章がなくなるって騒ぎもあったんだ」

「え？　そうなのか？」

「うん。今考えると、本当にヘンな一日だった。生徒も先生もみんな講堂に集まった時、誰かが、壇上に掲げてあった校章が消えてるって騒ぎ始めたんだ。開校した時に先の帝から賜った貴重なものだから。紛失なんてことになったら大変なことになる」

永人も講堂に掲げてある校章を見たことがある。一抱えほどの大きさで堂々たる輝きを放つブロンズ製だ。『千手』という言葉の周りを、まさに千手観音のような複数の手が放射状に伸びるデザインだ。制服の襟元、学帽にもこの校章は付いている。

「……」

あれ？　何かが記憶に引っかかった。なんだ？　この違和感。

しかし、永人の様子に気付かない慧は淡々と続ける。

「みんなで手分けして捜して、一時は大騒ぎだった。けど、結局は十五分くらいで見つかったんだ。物置の整理棚の中に押し込んであった。誰が外したのかは今でも分からないままなんだけど……で、僕と昊はちょうどその時、講堂の裏手にいて――」

何を思い出したのか、ぶるっと震えた慧が、自分の腕を手でこすった。

「永人君。これ、昊も僕も、まだ誰にも言っていないんだけど」

「……なんだよ」

「もうみんな講堂に戻っちゃって、僕たち二人しかいなかった。僕、講堂に戻る気にならなかったんだ。うまく言えないけど、胸がざわざわして」

慧が可愛らしい顔をきゅっと歪めた。

「そしたら、講堂の裏手でがたって音がしたんだ。二人で裏を覗いたら、人形一座の荷車が置いてあった。だから僕たち、そっと近づいて、荷台を覗き込んでみたんだ」

「……」

「荷物が色々置かれているみたいで、その上に毛布がかけられてた。だけどその端っこがめくれてて。そこから、人形の頭部分が鼻のあたりまで覗いていたんだけど……」

「人形の、〝かしら〟？」

「檜垣先輩にそっくりだった気がするんだ」

ぎくりとした。荷台の中に、蒼太郎そっくりの人形が？

「驚いてすぐに講堂に戻ったんだけど……僕、芝居の間もずっと胸がどきどきしっぱなしだった。そしたら夜に本物の檜垣先輩も消えて……もう何が何だか……」

突然閃いた。

もしや、多野柳一が最後に見たという蒼太郎は人形だったのではないか？　何か棒のようなものに制服を着せて、あの生きた人間と見まごう頭を付けておけば、遠目なら十分ごまかせる。しかも人形ならばバラバラにして持ち去れる。

気付いていないだけで、あの小屋には中から開けられる細工や穴があるのでは？　蒼太郎はそこから抜け出し、自分の身代わりになる人形を立てて逃げた？

「だから嬉しいんだ。永人君がこの学園に来てくれて」

考え込んでいた永人の耳に、慧の高い声が飛び込む。「え？」顔を上げ、彼を見た。

「嬉しい？」

「うん。ずっと怖かったから。僕たちが見たものはなんだったのか、檜垣先輩はどうしていなくなっちゃったのか……やっぱり呪いなのかって」

〝呪い〟。この学園にはびこる、いくつもの「噂」。

「ああ、本物の少年探偵がいてくれればってずっと思ってた。颯爽と現れて、解決してほしいって。だから……檜垣君が来てくれて、僕はすごく嬉しいんだ！」

嬉しいという言葉が丸い壁に反響し、二人の上に降り注いだ。永人はむず痒くなる頰を必死に引っ搔いた。

「そうかよ」

そう言いながらも、胸に温かい火が灯る。

しばらく、忘れていた温もりだった。

寄宿舎の夕飯後、いったん部屋に戻った永人は、すぐに一階に下りて厨房の勝手口から中を覗いてみた。

しかし、立ち働くおかみさんたちの中に乃絵の姿はない。まだ集会室で食器を片付けているのか。そう思い、扉を閉めようとした時だ。

「檜垣の坊ちゃん」

一瞬、誰のことか分からずにいた。自分が呼ばれたと気付いた時には、華奢な女性に微笑みかけられていた。姉さんかぶりをした手ぬぐいの下から、ほつれた黒髪が数本覗いている。落ち着いた声音、物腰に、永人は母の千佳を思い出した。

乃絵の母親、エマだ。

「最近、うちの子と仲良くしてくださっているとか。ありがとうございます」

丁寧に頭を下げられる。永人はあわてた。

「い、いえっ、こちらこそ」

「元気がいいのが取り柄なのですが、どうにも粗忽なところがあります。どうかご勘弁ください」

粗忽なんて言葉、落語以外で聞いたことねえぞ！

うろたえているうち、集会室と繋がる通用口から乃絵が入ってきた。永人を見て驚いた顔をする。

「どうした？」

「あ、うん、お前――じゃない、た、多野君にちょっと用事が」

ちらりと乃絵が母親を見る。彼女が小さく頷いた。乃絵は「すぐ戻る」と言うと、永人の袖を引っ張ってともに厨房から出た。気がゆるんだ永人はぽろりとつぶやいた。

「母ちゃん美人だな」

言ってすぐに失敗したと悟る。妙におっかない顔で乃絵に睨まれたからだ。

あれ。なんで？

「……で？　文鎮はやっぱり阿部って生徒のものだったの？」

「お？　お、おうおう。そうよ大当たり」

それから、狙われているのは〝かしらの会〟会員の生徒らしきこと、四年生の嘉藤友之丞の父親が脱会の際にもめたことなどを話した。乃絵がしきりに首をひねる。

「父親が侮辱された腹いせっていうのは分からないでもないけど、だからって会員生徒のものを盗むことに意味がある？　バレたらますます家の立場が悪くなるだけじゃない」

「まあな。だけど今のところそれくらいしか手がかりがない。だからさ、多野もちょっと気を付けて学園内や寄宿舎周辺を見ていてくれよ」

学園中どこにいても怪しまれない乃絵は、偵察係にうってつけだ。彼女が頷いた。

「分かった。盗難は木曜に集中しているんだよね。に、しても……なぜ木曜なんだろう？」

「それなんだよな」

「嘉藤、もしくは犯人が何かの当番を担ってるとか？　それを利用して盗みを働いている」

「当番……なるほどな」

とはいえ、差し当たってこれというものが思い付かない。何しろ、ここの生徒は掃除洗濯炊事のほぼすべて、多野家を含めた近所のおかみさん連中に任せている。

あとは日直、学年や部活動ごとの当番くらいか。木曜日に何らかの当番を担っている生徒を洗い出してみるか。

「それも多野さんの日誌に書いてねえかな」

「ちょっと。父さんの日誌を頼りすぎでしょ。探偵クン」

乃絵が笑った。探偵。その言葉に、永人は初めて彼女と会った時のことを思い出した。学園の制服を着て、「探偵」と名乗った乃絵。この学園に伝わる〝呪いの噂〟を解明するのだと言っていた。

それは、どんな〝呪い〟だったのだろう？

そうだ。ふと、永人は乃絵に訊いてみた。

「多野一家は、芝居の時どこにいたんだ？」

「私と母さんは観劇してもいいって言われて、講堂にいた。でも父さんだけは用務員室に詰めてた」

「ずっと？　ということは、蒼太郎のこともずっと見ていたと」

「ああ……でも、校章がなくなった時だけ父さんも生徒に呼ばれて捜しにきてた」

つまり、ほんのわずかな時間だが、その間だけ蒼太郎は一人になっている。慧の見た人形のこともある。やはり何かが繋がっているのでは？

真剣な顔つきになった永人を見て、乃絵も表情を引き締めた。

「……やっぱり見てみる？　父さんの日誌。お兄さんのこと……何か分かるかも」

「え？」

「父さん、かなり几帳面になんでも記録しておくほうなの。それこそ日記みたいに私見も加えたり。だから……ちょっとは手がかりになるかも」

　蒼太郎の失踪の謎が解けたからといって、彼が見つかるとは限らない。自分がもとの生活に戻れるとも。だけど。

　だけど、俺は知りたい。

　なぜ、俺はこの学園に来ることになってしまったのか。

　俺の未来を変えたものはなんだったのか？

「うん。見せてほしい」

　強い声音に、乃絵が頷いた。

「分かった。明日、朝食の後にまたここに来て。で、夕飯の支度が始まる前に返してね」

　厨房の中からおかみさんたちの笑い声が聞こえてきた。「いけない」と乃絵が振り返る。

「仕事に戻る。じゃあ明日」

「あ、ああ。頼むな」

　勝手口の向こうに消える乃絵を見送る。女たちの軽やかな笑い声が夜空に響く。再び母を思い出した永人は、そのにぎやかさにそっと背を向けた。


　次の日。朝の水道場で川名を摑まえた永人は、嘉藤のことをこっそりと打ち明けた。

「か、嘉藤君が？」

叫びかけた彼の口をあわててふさぐ。とはいえ、二人で寄宿舎をぐるりと回り込んでおり、ほかに人気はない。ほっと息をついた。

「犯人説の一つです。ただ、推測が正しければ、明日の木曜になんらかの行動を取るかも。だから先輩には今日、明日と嘉藤友之丞の様子を見張っていてほしいんです」

「それはいいけど……だけど信じられないな。あの嘉藤君が」

川名の眉間にしわが寄る。

「何を考えているのか摑めない人だけど、感情的になったところなんか見たことない」

「大人しいってことですか？」

「うーん。それともちょっと違うかなあ。ほら、連続してものを盗むって、おそらくかなりの根気がいるよね。そういうことに労力を割かない性格というか」

「はあ」

「それよりは、興味が自分の内に向かっている芸術家肌というか」

さすが寮長になっただけのことはある。鋭い観察眼だ。

「でも、今のところ唯一の手がかりなんで。嘉藤のこと、お願いします」

「うん。分かった。寮長として協力は惜しまない」

そう言って二人は朝食が並べられている集会室に戻った。

見ると、一年生の席に慧と昊がいた。どうやら「新入生交流」などと今さらな口実を設けたようだ。学園内でも目立つ双子に話しかけられ、須長を含めた一年生たちはみんな舞い上がっている。二人の燦然とした存在感、目的の隠れ蓑にはちょうどいい。

これで嘉藤には川名、一年の須長には慧と昊、寄宿舎周辺には乃絵の目が光る。なんらかの動きがあるといいのだが。

そして昼休み、それぞれから特に異常はないと聞かされた永人は、またも懲罰小屋の前に立っていた。乃絵が貸してくれた日誌を傍らに置き、細長い木箱にしか見えない小屋の周りをぐるりと回ってみる。

けれど、南京錠がかかっている鉄格子の面以外の三面、羽目板のどこにも穴はないし、開く仕掛けもなかった。果てはよじ登って天井のどこを探っても同様だった。まさに堅牢な檻だ。永人は腕を組んだ。

呪い。

恋しい人と引き裂かれた生徒の呪い――

分からん。仕方なく日誌を手に取った。蒼太郎が消えた一月十二日の欄を見る。

『安達座』に関すること、そして東堂と蒼太郎の口論を思わせる記述、さらには講堂の校章が紛失したと書いてあった。この校章紛失、蒼太郎の失踪と関係があるのだろうか。

来碕兄弟は蒼太郎らしき人形の頭を見たと言っていたが、これも関係あるのか？

十二日の末尾には、乱れた字で「生徒消失↑あり得ない！」とあった。珍しく感情的な記述に、多野柳一の驚愕と狼狽が表れている。それはそうだろう。最後に檜垣蒼太郎の姿を見たのが彼自身だったのだから。

「……ん？」

事件の一日前、十一日の記述に目が止まった。「東堂」という名が記されている。


乃絵、東堂家ご令息より餅をいただく。新年会の残りとのこと。美術室にて（要謝礼・重要！）↑済

その一文を見て、永人は首を傾げた。

新年会とは、東堂家の新年会のことか。さぞかし豪勢であろう。餅が余って、用務員である多野家におすそ分けしてあげたというのも、あり得ない話ではない。

が、美術室ってのはなんだ？　美術室で餅？　雨彦にも分けてあげたのか？

「熱心だねえ」

声をかけられた。当の美術室の主、千手雨彦が背後に立っている。絵の具の色が散らばる作業着を羽織り、両脇には紐で括られた厚い紙束を抱えていた。顎でひょいと木立のほうを示す。

「よければ、ちょっと手伝ってくれる？」

「え？　はい、構いませんが」

　雨彦が左脇に抱えていた紙束を寄越してきた。日誌を小脇に抱えたまま受け取った永人は目を瞠った。

　鉛筆や木炭などで描かれた素描が紙面を埋め尽くしていた。花や日用品など画題は様々だが、永人の目にも素描は精緻、かつかなり高度な技術であることが窺えた。

「これ、全部が絵……？　どうするんですか先生」

「決まってる。捨てるんだ」

「えっ」

　雨彦が歩き出す。永人は渡された紙束を抱え、あわてて後を追った。木立の中を進むうち、あの芥穴に向かっているのだと気付いた。

「本当は勝手に捨てちゃ多野さんに怒られるんだけど……捨てる時まで人の手を借りちゃ、さすがに可哀想だからね」

　可哀想。誰が。何が。

　石塀に穿たれた穴が見えてきた。乃絵と掘り返した土くれの跡が黒々としている。

　穴の前に立った雨彦は、自分が持つ紙束を迷いなく中に放り込んだ。傾斜のある穴を、彼の絵が勢いよく滑り落ちていく。遠くで、物の落ちる音がした。

自分に続くよう、雨彦が脇によけた。が、永人はためらった。

「もったいない気がしますけど」

「なぜ」

「だって。こんなに上手いのに」

けれど、言い終わる前に雨彦の手が紙束を奪っていた。そのまま穴の中に投げ落とす。

永人の呑んだ声の代わりに、またも物が落ちる音がした。

「不思議だね。絵って、上手いって言われてもあまり嬉しくないんだよ」

ふと、昊を思い出した。

兄の代わりに絵を描いている弟。

この美術教師は、そのことに気付いているのだろうか……？

苦い笑みが雨彦の口元に浮かんだ。

「だけどこの穴に放り込んだら、少しは解放された気がする。手伝ってくれてありがとう」

「解放……」

一歩下がり、永人は改めて穴を見た。雨彦が振り返る。

「どうした？」

「ここ、人が通れますかね」

「ハァ？」

消えた生徒。

「いやいや。さすがにこの狭さは無理だろう」

「ですよねえ」

「……もしかして君のお兄さんがここから出て行ったとでも？」

「もしやと思ったんですけど。肩の関節を外せる芸人でもない限り、やっぱり無理ですね」

塀をよじ登るほうがはるかに簡単だ。何より、懲罰小屋から脱出する方法が分からない。

「あの日のこと、話そうか。君のお兄さんが消えた日のこと」

すると、雨彦がぽつりとつぶやいた。無理だと言いながらも、その目は外界に通じる穴にじっと注がれている。

「もっとも、僕が話せるのは、あくまで自分で見たことだけだけど」

「……東堂先輩と蒼太郎がひどいケンカをしたって聞きました」

「うん。あれには僕も驚いた。気付くと、二人が昼食時の集会室で睨み合っていたんだ」

「原因は？」

「それがよく分からない。とにかく、最後には檜垣君が東堂君を殴り付けてね。激昂した東堂君が、舎監の深山先生を振り返って叫んだんだ」

侮辱行為！　暴力行為！　檜垣蒼太郎君を至急、懲罰小屋に収監することを願います！

「彼の言葉には誰も逆らえない。だから深山先生はすぐに許可を出した。そうして東堂君は自ら懲罰小屋へと檜垣君を引っ張っていった。深山先生と僕も後を追ったよ」

「先生たちも？」

「とにかく尋常な剣幕じゃなかったからね。生徒たちも怯え切っていたし、危ういと思って。東堂君は同じく後を追ってきた黒ノ井君に用務員室にいた多野さんから鍵束を借り出させ、彼に鍵を開けさせた」

「黒ノ井先輩が鍵を開けたと」

「そう。で、檜垣君を中に押し込み、今度は僕に鍵をかけさせた」

「先生に？」

「懲罰を与えるのは教師の役割だと言われてね。生徒が鍵をかけるのは分不相応だと」

「……本当に鍵をかけたんですか？」

こうなったら、実は鍵が開いていたと考えるしかない。が、雨彦はすぐに肩をすくめた。

「僕がかけた振りをしたとしても、すぐにばれるよ。何しろ、僕だけでなく、東堂君もみんなの前で何度も確かめたんだから。鍵はちゃんとかかってた」

「その後、鍵束はすぐに多野さんに返したんですよね。その時、鍵がなくなってたとかは？」

「ないね。黒ノ井君から鍵束を返された時、多野さん自身が僕たちの目の前で本数を数えたんだ。鍵を失くしたりしたら大変なことになるからね。間違いなくすべてそろっていると言っていたよ。ちなみに、学園中の鍵だからかなりの数がある。多野さんは一本一本の鍵に色紙でこよりを作り、それを巻き付けていた。小屋の鍵は赤いこより」

「赤……」

「それから一日、夜に檜垣君が消えるまで、彼は肌身離さず鍵束を持っていたそうだよ」

「うーん……じゃあ合鍵は？」

「学園長が持ってはいる。が、それは金庫の中で、しかも金庫の鍵は学園長自身が常に持ち歩いている。もちろん、紛失したことも貸与したこともない」

鍵はかかっていた。唯一の鍵は多野柳一がずっと持っていた。どうやらこれは決定だ。

「檜垣君が消えたと多野さんが集会室に駆け込んできた時は驚いたよ。実際、東堂君と黒ノ井君、深山先生とともに小屋に行ったら、本当に空っぽだった。鍵もかかったまま。さすがに、あれには愕然としたよ」

空の小屋を前に立ちすくんでいると、黒ノ井が多野を振り返って怒鳴ったという。

「鍵は？　紛失しているのではないのか？　見せろ！」

多野が差し出した鍵束を黒ノ井が奪い取る。かなり乱暴な手つきでじゃらじゃらと鍵を繰り、やがて赤いこよりが結び付けられている一本を選び出した。

「開けてみろ」

そう言って鍵を渡された多野が、おそるおそる南京錠の鍵穴に鍵を差した。

果たして。

「……鍵は開いたわけですね」

「その通り。多野さんが嘘を言っているのではない限り、鍵はずっと彼が持ち歩いていた」

「小屋には穴も開いてないし鉄格子が外れるわけでもない、さらには合鍵もない……どうやって蒼太郎は外に出た？」

「まさに探偵小説さながらだね……おっと」

雨彦が丈の長い作業着のポケットから四角いものを取り出した。手紙だ。

「いけない。これを一緒に括るのを忘れてた」

四角い封筒には横文字が書いてあった。鮮やかな色合いのスタンプが押されている。海外郵便だ。

「仕方ない。これはごみと一緒に出そう」

「それも捨てるんですか？」

「本当は先ほどの紙束と一緒にまとめるつもりだったんだがね。ついさっき部屋に配達されていることに気付いたものだから」

「部屋に？　配達？」

「そう。学園に来る郵便を取りまとめているのは深山先生だけど、それぞれの部屋に配達しているのは郵便係の生徒だよ。今日の当番は、昼休みを利用して配ったんだろうね」

当番。

その言葉に、永人の中で強い光が閃く。

「よ、曜日ごとの担当って深山先生に訊けば分かります？」

「え？　ああ、うんおそらく」

顔色を変えた永人を、雨彦が戸惑った顔で見た。が、彼に構う余裕もなくきびすを返す。

「檜垣君？」

「先生ありがとうございました！」

走りかけて、すぐに振り向いた。不思議そうにしている美術教師の顔に、木漏れ日が繊細な模様を描いている。

「俺、先生の絵、もっと見てぇな」

雨彦がぱっと目を見開いた。その表情が、次にどんな色に染まるのか――見定める前に、永人は木立を駆け抜けた。

翌日の木曜日。放課後。

永人は寄宿舎の二階階段付近に潜んでいた。時刻は夕方の四時過ぎ。昊に貸してもらった懐中時計で時間を確認する。通りかかる生徒が、ちらちらとこちらを窺っていた。

程なく、階下の対角線上に見える舎監室から一人の生徒が出てきた。手には手紙の束や小包。永人は緊張に息を詰めた。生徒が舎監室のすぐ脇、こちらから見て真向かいの階段を上り始める。

木曜日の郵便当番、嘉藤友之丞だ。昨日、舎監の深山に確認したところ、今春から木曜日の郵便係は彼が担っていたのだ。

学園に配達されてくる郵便物には、部屋の番号や部屋名が書かれていないものも多い。しかも、部屋替えをするたびに生徒名と部屋を覚え直す必要がある。深山曰く、几帳面、さらには記憶力のいい友之丞にはうってつけの仕事のようで、昨秋から郵便係を務めているという。今春までは水曜日を担当していたそうだ。

二階の回廊に嘉藤が姿を現した。抱えた手紙の束を繰りながら、ゆっくりと歩いている。永人は階段の陰に身をひそめ、その様子をそっと観察した。

彼を芸術家肌と評した川名の言葉は当たっている。能面のようなのっぺりとした顔立ちには、世俗的な感情の揺らぎというものが感じられない。

　とはいえ、永人には川名ほど好意的には取れなかった。むしろ、父を侮辱された復讐をするのなら、盗難などではなくもっと陰惨なことをしでかしそうな雰囲気がある。

　嘉藤家は一族から多くの政治家や官僚を輩出し、明治期に子爵位を叙勲されている。噂では小説を書くものもいるとか。これまた個性的な生徒だ。永人は内心呆れた。

　つくづく、この千手學園には妙な連中しかいない。

　嘉藤は郵便物が届いた生徒の部屋を訪い、相手が出れば手渡し、不在であれば扉の下から手紙を入れていた。届いたものが小包、かつ相手が不在の場合だけ、中に入っているようだ。

　この郵便係であれば、職務の振りをして目的の部屋に入ることができる。相手の生活習慣を事前に把握しておけば、不在である時間を予測することは可能だ。配達は自分の都合のいい時間にやる決まりとのことなので、なおさら成功する確率は高い。

　嘉藤の足がとある部屋に近付く。二人の地点からちょうど中ほどにある部屋だ。永人は身を硬くした。

　一年生、須長の部屋だ。『紅鳶《べにとび》』という名が付いている。今は同室の生徒とともに、来碕兄弟の二人と教室で待機してもらっている。

　嘉藤が犯人であれば、〝かしらの会〟最後の会員生徒、須長の部屋に侵入するはず。回廊をゆっくり進む彼の姿を凝視しながら、永人は唾を呑んだ。奇妙なほど、足音が聞こえないと気付く。

まるで人形だ。

須長の部屋の前に嘉藤が差し掛かる。彼の視線がふっと上がる。部屋札を見る。入るか？

「！」

ところが、嘉藤はすぐに視線を外し、手の中の郵便物を再び繰り始めた。そのまま永人のほうへ真っ直ぐ歩いてくる。

すれ違う瞬間、目が合った。細筆で一息に描かれたかのような目だ。人形。人に非ざるものだから、人は己の心を投影できるのだ——

動けない永人の脇をすり抜け、嘉藤が階段を三階へと上がっていく。やはり、彼は足音を立てない。

力が抜けた。壁に寄りかかる。目の前を通り過ぎる生徒たちが、またも好奇の目を永人に投げてくる。

須長の部屋に入らなかった。何も盗らなかった。

自分が疑われていると気付いたから？　それとも、彼が犯人ではないから？

「まいったな」

振り出しか。もしくは、また一週間様子を見るか。

「永人君！」

甲高い声が中庭で上がった。わんわんと響き渡るその声音に、回廊を歩いていた生徒たちがいっせいに足を止める。

慧だった。手すりから下を覗き込んだ永人を見て、大きな目をしばたたかせる。

「大変なの永人君！　大変！　大変！」

本人は焦っているようだが、毛並みのいい子犬がはしゃいでいるようにしか見えない。

というより、声が大きい。永人はひやひやしつつ答えた。

「どうした。お前な、声がでか──」

「もう盗まれてたのぉ！」

「は？」

盗まれてた？

「須長君の大切にしてたペーパーナイフ……もう盗まれてた！」

慧の高い声が丸い建物に響き渡った。

不吉な御託宣のごとく。

＊

あと一か所。

乃絵は大きい屑箱を抱え直した。中には校舎中のごみ箱の中身が入っている。

明日の金曜日が週に一度のごみ回収日なので、今夜中にまとめておかなければならない。寄宿舎も含めた学校中のごみとなると、これが結構な量となる。

右棟の南階段を上った。二階の廊下には両端にごみ箱が設置されている。まずは南端のごみを回収し、続いて廊下の右手奥、北端にあるごみ箱まで歩いた。すでに人気がなく、長い廊下を歩いているのは乃絵一人だった。

素っ気ない木の箱を覗き込むと、紙くずや雑多なごみが放り込まれている。乃絵は中に手を突っ込み、それらを拾い上げた。

その手が止まった。紙くずに紛れ、布にくるまれたものがある。

なんだこれ。硬い。細長い？

そうは思ったものの、乃絵はくるんである布ごと屑箱に放り込んだ。廊下の掛け時計を見ると、時刻はすでに午後の四時半になろうとしていた。

いけない。夕飯の支度に遅れちゃう。

両手に余る屑箱を持ち上げ、北階段を下りようとした。が、足元が見えない。三段ほど下りて身体をひねり、再び足を踏み出した時だ。

駆け寄る足音が背後で上がった。

えっ？

振り返る間もなかった。強い衝撃が背中に加わった。誰かに押された。そう思った時には、乃絵の足は階段を踏み外し、踊り場へと勢いよく落ちていた。

「！」

肩に激痛が走る。一瞬にして腕から背中、腰まで爆ぜるような痛みがさく裂し、目の前が真っ白になる。う、とうめいたきり声が出ない。

抱えた屑箱からはごみが飛び散っていた。ちょっと！　憤りに叫びそうになる。

また掃除しなくちゃならない！　ふざけんな！

自分を突き落した相手が階段を下りてくる。顔を上げようとするが、痛みに首が動かせない。階段を下りるこの足音。生徒が履いている室内履きの音だ。

「ど、どうしたの？」

階下で大声が上がった。こちらはどすどすと音を立て、階段を上がってくる。

とたんに、自分を突き落した相手が階段を上り、廊下を駆け去ってしまった。南階段から一階へと逃げるに違いない。

くそっ！　追いかけないと！

「あ、あれっ、どうしたの君！」

ふくふくとした顔立ちの少年が駆け寄ってきた。確か、三年の穂田潤之助だ。檜垣永人と同級生の。

永人。

「……呼んで」

「え、な、何っ？」

自分が落ちたわけでもないのに、やけに青い顔色の潤之助に向かい、乃絵はうめいた。

「檜垣君を呼んで……」

「えっ？」

「永人を呼んで！　突き落とされた！」

＊

左棟二階の一年生の教室に駆け付けた。隅の席で須長がしくしく泣いている。同室の同級生に慰められている姿は、まったくの子供だった。

「彼の長兄殿の英国土産《みやげ》らしい」

二人の傍らで途方に暮れていた昊が、永人を見てほっとした顔を見せた。机の上には風呂敷に包まれた教科書や筆箱が積み上がっている。

「今、ないことに気付いたんだ。学用品と一緒にしていつも持ち歩いていたらしい」

「朝にはあったのか？」

須長が泣きながら頷いた。

「は、はい、朝はちゃんと持っておりました……兄にもらってから、肌身離さず持っていたので間違いありません」

「じゃあ授業中……？」

「きょ、今日は四時限目が体操の時間でありましたから、もしかしたら、その時」

木曜日と郵便係の符合に気を取られすぎた。一年生の時間割を把握して、もっと慎重になるべきだった。

が、すでに遅い。

泣きじゃくる須長の背中をさすりながら、慧が言った。

「やっぱり……嘉藤先輩なのかな」

犯人は〝かしらの会〟会員を狙っている。これは確かなようだ。会頭である黒ノ井と嘉藤の間に悶着があった。これも事実だ。

しかし、何かがしっくりこない。永人の直感が、五感が、そう叫んでいる。

乃絵の言うとおり、盗難などという罪を犯してなんの得があるのか。何より、あの嘉藤がこんな俗っぽい嫌がらせをして喜ぶだろうか？

「永人君……？」

真剣な顔で考え込む永人を、慧がおそるおそる覗き込んできた時だ。

廊下があわただしくなった。ばたばたと走る足音が近付いてくる。

「檜垣君、い、いるっ？　あ、いたーっ！」

穂田潤之助だ。人の好さそうな丸いほっぺがぶるぶると弾む。今日はあちこちから声がかかる日だ。

慧が首を傾げた。

「どうしたのジュン」

「あ、あの子が、えっと、名前なんだっけ、用務員の」

「ああ。多野君？」

「そう、多野君！　あの子が、か、階段から落ちた！」

息を吞んだ。昊も顔色を変える。

「落ちた？」

「そ、それで、ひ、檜垣君を呼んでくれって」

「え？」

「僕、誰かが階段から落ちる音を聞いて駆け付けたんだ。そしたら階段の踊り場に彼が倒れてて……どうしたのって訊いたら、檜垣君を呼んでくれって」

「――」

怪我をして動けない乃絵を思い浮かべた。胸のど真ん中がぐらぐらと熱くなる。

「突き落とされたって言うんだ」

「……なんだと？」

永人の硬い声に潤之助が一歩後ずさった。が、すぐに意を決したように叫んだ。

「誰かに突き落とされたって！　だから檜垣君を呼んでほしいって！」

乃絵。

教室を飛び出した。「永人君！」「檜垣！」双子が自分を呼ぶ声が追いかけてくる。けれど振り返れなかった。やけに熱い感情に突き動かされ、廊下を駆けた。

＊

夕飯時。彼は集会室で立ち働く用務員の息子をちらりと見た。微妙に足を引きずっている。知らず、舌打ちが出そうになった。

あわててアレを取りに行ったら、すでにあのガキがごみ箱から拾い上げていた。だから焦って階段から突き落とした。気絶でもしてくれれば、奪い返せると思ったからだ。

しかし、よくよく考えれば焦って奪い返す必要などなかったのだ。たとえアレがごみ箱の中から見つかったとしても、知らぬ顔をしていればいいのだから。それなのに、あの双子の片割れが寄宿舎で大騒ぎするものだから、つい見つかってはいけないと思い込んでしまった。

結果、あのガキを階段から突き落とすという致命的な間違いを犯してしまった。居合わせていた三年の穂田潤之助にも、あのガキにも顔は見られていないはずだが、どうにも落ち着かない。

「多野君」

用務員の息子を呼び止める声が上がった。生徒たちが、ざわりとどよめく。

彼に声をかけたのは、生徒会長の東堂広哉だった。

「怪我をしたそうだね。平気？」

生徒でもないガキにあの東堂が声をかけるとは。集会室中が二人の会話に耳をそばだてているのが分かる。

「突き落とされたと聞いたよ。本当？」

茶碗を持つ彼の手がぎくりと震える。

用務員の息子が静かに頷いた。

「はい。突き落とされました」

「それは大変だ。君を突き落とした相手の顔は見た？」

「はい。ボク、相手の顔を見ました」

息を呑んだ。取り落としそうになった箸をあわてて持ち直す。

生徒たちのほとんどが、用務員の息子が階段から落ちたことを知らない。そのため、彼らは不思議そうに顔を見合わせていた。そんな生徒らに囲まれ、彼は額に脂汗が滲んでくるのを感じていた。

見られていた？　あのガキに、僕の顔を？

「君を突き落とした相手には、しかるべき厳罰を与えないとならないね。後でじっくり話を聞かせてくれるかい」

「はい。夕食の片付けの後、ごみを出しに行きます。その後でよければ」

「分かった。裏手の塀にある芥穴だね？　その後でいい。僕の部屋に来てくれたまえ」

そう言うと東堂は用務員の息子から離れ、自分の席に着いた。程なく、集会室はいつもの夕飯時のにぎやかさに戻っていく。けれど、彼は固まって動けずにいた。激しい動悸が耳元でわんわんと響く。

見られていた。

東堂に話す。

バレる。

とことん邪魔だ。

あのガキ。

「……」

夜陰に潜み、相手が来るのを待った。目が潰れそうな深い闇は、ここが学園の敷地内であることを忘れさせる。遠くに灯る寄宿舎の明かりが幻のようだ。

ごみを捨てる穴があるのは知っていた。が、たまに通り過ぎるだけでわざわざ出向いたことなどない。彼は木の陰に身を潜ませながら、石塀にぽかりと口を開けて見える芥穴を睨んだ。

もうすぐ、用務員の息子がごみを出しにやって来る。東堂の部屋に行かせる前に、どうにかしないと。

説得するか。金を握らせるか？

――いや。

一度金など渡したら、どこまでも付きまとうに決まっている。弱みを見せたら終わりだ。

竹刀《しない》を握る手にぐっと力を込めた。千手學園では剣道も教科の一つであり、生徒は全員竹刀と剣道着、防具をひとそろい持っている。

殺さないまでも、しゃべれなくなるまで叩きのめせば。問題になったら、あんな使用人一家、理由を付けて学園から追い出してしまえばいいのだ。

足音が聞こえた。はっと彼は身を隠し、木の陰からそっと顔を覗かせた。

淡い月光が梢の形に切り取られ、夜の地面に薄い模様を落としている。その中を、大きな屑箱を持った少年が近付いてきた。やはり足を引きずっており、歩きづらそうだ。作務衣姿に大きい手ぬぐいを頭に巻いている。顔が小さいせいか、やけに手ぬぐいがぶかぶかとして見えた。つくづく、男にしては華奢だ。

軟弱者め。お前など、我が大日本帝国には必要ない。

芥穴の前で彼が足を止める。今だ！　彼は竹刀を振りかぶり、木陰から飛び出した。

「死ね……！」

ひゅ、と何かが鋭く空を切った。とたんに重い衝撃が左のこめかみに爆《は》ぜる。「ギャッ！」彼は悲鳴を上げ、その場に崩れた。

手から離れた竹刀とともに、何かががらんと地面に落ちた。こめかみの熱い痛みに喘ぎながらそれを見た。

「げ、下駄？」

木陰から一人の少年が現れる。左の足にだけ下駄を履いていた。

「やっぱり俺には、これがしっくりくるぜ」

そう言いながら、彼はひょいと左足を上げて下駄を脱ぎ、空中で手に取った。流れるような動作は、彼がその履物に慣れていることを窺わせた。

「俺は根っからの庶民なんで。洋物の靴は合わねぇのよ。お育ちのいい坊ちゃんたちと違ってな」

檜垣永人。

驚いた彼は、取り落とした竹刀を手探りした。が、すかさず横から奪い取られる。

「あっ？」

顔を上げて仰天した。

作務衣姿の少年は、用務員の息子などではなかった。

来碕の双子の片割れだ。竹刀の切っ先をこちらに向け、ぎりぎりと目を細める。

「あなたが、多野さんを」

可愛らしい顔が嫌悪で歪んでいる。

目をすがめた檜垣永人が、一転、低い声音で斬り込んできた。

「おい。その竹刀であの子をどうするつもりだった」

「……ぼ、僕は、別に、ぐ、偶然通りかかっただけだ！　この竹刀は護身用だ！」

「へぇ？　さっきはずい分威勢よく『シネー』って叫んでたよな？」

「い、いやっ、さ、最近の盗難はあの用務員の子供が犯人なんだよ、本当だ！　だから僕は天誅を」

言葉は続かなかった。

檜垣永人の持っている下駄が、顔のど真ん中に叩きつけられたからだ。

顔面に真っ白い閃光が炸裂する。鼻から口から、温い鉄錆《てつさび》の味が噴き出した。

「がっ」

地面に伏せた拍子に、ぽろりと落ちたものがあった。

歯だ。

「俺は大した人間じゃねえからよ。嘘もつくし卑怯な真似もする。てめえみてぇにな」

檜垣永人の声が上から降ってくる。

「だけど俺なりに、越えちゃならねえ一線ってのがあんだよ。何があろうと、自分より弱い立場の人間を貶めねえってな」

「……」

「てめえは俺の一線を越えた」

声音が痛みに混じる。痛みはやがて五感が麻痺するほどに増幅し、彼は息もできなくなってきた。

「あーあ。今や千手學園で一番怒らせてはいけない男を怒らせたね」

また別のほうから声が上がった。覚えのある声音に身をすくませる。とたんに痛みがさく裂し、彼はうめいた。

東堂広哉だ。うずくまってしまった彼のそばに片膝を付く。

「君が犯人だったとは。ひと芝居打った甲斐があった」

芝居？　彼は目を見開いた。

「多野君は君の顔なんか見てないよ。集会室でああ言えば、犯人はきっと彼を狙うと思ってね。待ち伏せしていた」

やられた。痛みに全身を乗っ取られそうになりながら、彼は血の味がする唇を噛んだ。

「さて。話を聞かせてもらおうか。阿部善純君」

*

少し動かすと、まだ痛みがある。乃絵はひねった足首と強打した肩にそっと触れた。

檜垣永人の部屋にいた。現在、彼には同室の生徒がいないため、例の計画を遂行するにはちょうどよかったからだ。

計画。盗難犯人をおびき出すという永人の策略だ。集会室での東堂との会話も、彼が考えたものだった。

突き落とされた犯人の顔を見た。

東堂の部屋に行く前に、人気のない芥穴に行く。

乃絵と東堂は永人の指示通り、集会室で芝居をして見せた。犯人は生徒である可能性が高い。二人の会話を、全身を耳にして聞いていたはずである。

自分を突き落とした手の感触を思い出し、ぞっと身をすくませた。果たして、犯人は思惑通り芥穴の場所に現れただろうか。そして永人たちは犯人を捕まえただろうか？

「いてっ」

肩にびりっと痛みが走る。小さく顔をしかめてしまう。

とはいえ、骨に異常はないと思うのだが、永人には病院に行くよう執拗に迫られた。来碕昊は父親の知り合いの病院を紹介するとまで言ってくれた。早急に電報を打つから、明日必ず診察を受けるようにと。

二人とも怖い顔して。ヘンなの。

なぜか胸がむず痒くなって、思わず笑ってしまった時だ。

「痛いのが嬉しいの？」

傍らで声が上がった。来碕慧だ。彼もまた、この部屋で永人たちの帰りを待っている。

「え？」

「君、今、笑っていたからさ。痛いのが好きなのかと思って」

ぶっきらぼうに慧が続ける。菩薩と呼ばれる人気者の顔を、乃絵はしばし見つめた。どうやら相手を選ぶ菩薩らしい。この子、私にはいつも喧嘩腰だ。

「好きなわけないでしょ。痛いのなんか」

「そう？　僕は好きだよ。痛かったり苦しかったりするの」

「は？」

「そしたら、優しくしてもらえるから」

声が夜の部屋に落ちる。慧は未使用のベッド、乃絵は永人の学習椅子に座っていた。乃絵に扮する昊のために、作務衣と彼の制服を交換していた。来碕兄弟は自分と同じくらいの背恰好だが、袖や肩回り部分はやはりぶかぶかとしている。

「ずるいと思う？　僕のこと」

部屋の壁をぼんやり見つめながら、慧がつぶやいた。

永人の部屋は、質素を通り越して殺風景ですらあった。写真やハガキの一枚も飾られていない。多様な色合いがまったくない。威勢がいい彼の、意外な一面を見るようだった。

「……私もずるい人間だから。君だけじゃない」

慧が顔を上げた。真っ直ぐな視線を寄越してから、また何も貼られていない壁を見る。

「昊は君のことが気になるみたい」

「え？」

「初めてなんだ。昊が僕に隠し事をしたの」

戸惑った。意味がよく分からない。

「昊が隠そうとしていた君の秘密を知った時、いやな気持ちになったよ。これじゃあ、僕が君の秘密を人質に取っているみたいじゃない。昊がこの先、君のために僕の顔色を見るようになるなんて我慢できない」

「なんだか……複雑ね」

「だから僕も君に秘密を打ち明ける」

「はあ？」

なんでそうなる？

が、顔をしかめた乃絵に構わず、慧は続けた。

「僕、別にみんなと仲良くなんてしなくてもいいんだ。友達とか、本当は興味ない。昊がいればいい。だから僕は昊を守る」

「……」

「昊を傷付けさせない。昊の手を煩わせない。そのためにみんなと仲良くするんだ。僕だけを見ていてほしいから」

「……」

「そう思っていたんだけどな」

壁を見ていた視線が、再びゆっくりとこちらに流れてきた。今さらながら、乃絵は彼と二人きりなのだと気付く。女の子と見まごうばかりに可愛らしい分、言動のちぐはぐさが不気味だ。つい、腰を浮かしかけた時だった。

慧がにっこり笑った。

「言わないでくれる?」

「えっ」

「今の。僕の重大な秘密だから」

「う、うん」

「これで君も僕の秘密を知った。僕も君の秘密を知ってる。対等だね」

「……対等」

意外な場面で、意外な人物から、意外な言葉が出てきた。

すると、慧が部屋の隅にある本棚に歩み寄った。たった一冊だけ置かれている本を手に取る。「あれっ」と高い声を上げた。

「しおりが最初の頁に挟まれたまんま! もう永人君ったらせっかく貸したのに。ちっとも読んでない」

表紙の絵に覚えがあった。人気の探偵小説『夜光仮面』だ。話題に乗じてか、最近はこの「夜光仮面」を名乗る犯罪者まで出没しているほどだ。

「……その本、好きなの？」

「えっ！　もしかして君も？」

振り返った慧が顔を輝かせた。乃絵も小さく頷く。

「読んでてドキドキするから」

「僕も僕も！　ねえねえ、このお話に出てくる少年探偵トドロキ君、永人君と似ていると思わない？」

「そういえば……」

大胆不敵で、知恵と勇気がある。

そして優しい。

「あ。さっきは友達に興味ないって言ったけど、今はちょっとだけ違うんだ」

「え？」

「永人君を初めて見た時、本物の少年探偵だって思ったんだ。何かが始まるってワクワクした。だから僕……永人君とはずっと一緒にいたいんだ！　昊と同じくらい！」

少年探偵。

その言葉が一陣の涼風のように胸を駆け抜けた瞬間。

当の探偵が勢いよく部屋に戻ってきた。

＊

犯人は一人目の被害者と思われていた阿部善純だった。

動機は嘉藤家、並びに嘉藤友之丞を陥れるため。

永人と旲、東堂に続き、黒ノ井もやって来ていた。永人の部屋に総勢六人が集まり、ぎゅうぎゅう詰めになってしまう。

阿部善純の尋問を終えた東堂が、部屋に残っていた慧と乃絵に説明してくれた。

「華族が資金を出し合って設立している第七銀行が、このたび体制を刷新することになってね。その副頭取の座を巡ってのことだったらしい」

新しい副頭取の候補に阿部家と嘉藤家の名が挙がっていたという。ところが、当主の人品、能力の点から見て阿部家は旗色が悪かったらしい。

そこで阿部善純は嘉藤氏の〝かしらの会〟脱会時の悶着を利用して、友之丞を盗難犯人に仕立てることを考えた。そうなれば、体面を重んじる華族社会は嘉藤氏を候補から外すはずである。

「で、まずは自分の文鎮が盗まれたように見せかけようとしたわけだが」

「中庭の池に捨てた文鎮を、一匹の鯉がすべて呑み込んでしまった」

乃絵の顔が渋くなる。

東堂が笑った。

「ビックリしただろうね。放った三つの文鎮が、まさか一匹の鯉の口に入ってしまうなんて。野球投手の素質があったのかもしれないね」

案の定、目の前で沈んだ鯉は二日後に用務員の多野柳一によって発見された。原因を突き止められるかとひやひやしたが、幸いなことに大事にはならなかった。

そこで善純は作戦を変えた。盗んだものはさっさと遠くへ捨ててしまいたい。

「だから以降の盗難は木曜日に集中したわけだ。金曜がごみの回収日だったから。心情的には、少しでも早く始末してほしいからね」

木曜日にものを盗み、布などにくるんでごみ箱に捨てておく。あとは用務員がその日のうちに回収して、芥穴から出してくれる。

永人は顔をしかめた。

「木曜日ってのにとらわれすぎてた。だから当番がどうこうって考えちまったが……」

難しく考えていたが、ふたを開ければどうということはない。

相手の生活習慣を把握していれば、部屋に侵入することは誰にだって可能だ。持ち歩いているものも、常に行動を見ていれば盗む機会は必ず訪れるし、それこそ須長の時のように、相手の時間割を調べておけばいい。

ちなみに、須長が体操のために教室を空けていた四時限目、阿部ら四年生は音楽室に移動するところだったという。川名に確かめたところ、

「そういえば阿部君、少し遅れて音楽室に来たな。厠に行っていたって」

という証言が取れた。

慧が首をひねった。

「でもなんで、文鎮が見つかった時、〝かしらの会〟の名前を出したんでしょうね。自分だって怪しまれるかもしれないのに」

「逆だよ。おそらく、阿部は盗難被害者が〝かしらの会〟会員生徒だって気付いてほしかったんだよ。〝かしらの会〟が関わっていることが判明しなくちゃ、嘉藤友之丞が容疑者として浮上しねぇんだから」

「ああ……それで自分から言い出したのか。原因不明のただの盗難事件になっちゃったら意味がないから」

「おそらく文鎮のことがなかったら、どうにかして〝かしらの会〟のことを持ち出すつもりだったんじゃねえかな」

そう言った永人は、乃絵の視線が自分の手元にじっと注がれていることに気付いた。見ると、赤い色が一線、甲に走っていた。

阿部善純の血だ。

苦笑いして、そっと隠した。乃絵がひそかに眉をひそめる。

東堂がぱんと手を打った。

「これで万事めでたしだ！　まあ阿部君の処遇は追々検討するとして」

今現在、憔悴しきった阿部善純は川名とともに雨彦の部屋で手当てを受けている。事を内密にしたいという東堂の〝はからい〟ではあるが、明日には、下駄の歯の形が痣となって、彼の顔面に浮かび上がるに違いない。

「確かにやったことは悪辣、卑劣だけどね。わざわざ阿部家にお知らせするというのも忍びない。前途ある若者の未来を奪ってもね」

そらぞらしい。弱みを握って、また自分の手駒にしようというのが見え見えだ。

「阿部君の顔の怪我は階段で転んだせいだ。みんないいね？」

この悪徳生徒会長め！

そんな永人の視線を受け流し、東堂は爽やかな笑顔を見せた。

「少年探偵團の諸君、本当にご苦労様。これでまた学園と寄宿舎の平和が保たれた」

「終わってねえって……」

すると、ずっと黙っていた黒ノ井がうめいた。ああ、と頭を抱える。

「阿部は盗んだものをすぐに捨てていたんだろ？　ということは……庭場嬢のハンケチもとっくに……あああ！　この世には神も仏もない！　怖い！　今度の日曜が怖い！」

最初からそのくらい気にかけてあげればよかったのに。

呆れる永人の脳裏に、荷台にぽつりと落ちている庭場嬢のハンケチが浮かんだ。そのまま人知れず荷車で運ばれていく——

荷車。運ぶ。

相棒の悲嘆を前に、東堂が朗らかに続けた。

「いっそニセモノを作ったらどうかな影人。君がハンケチに庭場嬢の名前を刺繍して」

「広哉お前……完全に面白がってるな」

「えっ。何をバカな。心底心配心痛の極みだよ影人」

「真面目な顔で心にもないことを言うな！」

ニセモノ。

脳裏を鋭い光が貫く。

口論。懲罰小屋。鍵。人形一座。かしら。町娘姿の義経。荷車。

「……もしかして」

義兄、檜垣蒼太郎はどうやって消えたのか？

「どうぞ。入りたまえ、檜垣君」

点呼後、部屋を訪れた永人を東堂はにこやかに出迎えた。二人とも寮則違反である。が、東堂にためらう様子はみじんもない。

踏み入った部屋は、東堂公爵ご令息の私室とは思えないほど質素だった。必要な学用品以外、飾りの一つもない。自分の部屋と大差がない。永人には少し意外だった。

「で？　話とは」

椅子に座るよう東堂が促す。永人はそれを無視し、言った。

「檜垣蒼太郎の失踪。あなたが仕組んだのではないですか」

東堂の唇の両端がきゅっと吊り上がる。

「なぜ、そう思う？」

「慧は事件当日の演目『鳴響安宅新関』の義経が町娘姿だったと言った。そこで多野さんの奥さんに確認したら、確かにあの日、一座の下働きが間違えて、山伏姿の義経人形ではなく町娘の人形を積んでしまったそうなんです。だから急きょ山伏姿ではなく、女の恰好をしていると筋を変えた。時代も何もめちゃくちゃですけどね」

座員の人形遣いはもちろん、太夫《たゆう》と三味線弾きの機転も大したものだ。内容が変わったのだから、本番までに節《ふし》、語りを考え直して演じたに違いない。

卑近で、俗世間の垢にまみれている。けれどなまはんかではない。浅草の街そのものだ。

「だけど先輩は言いましたよね？　『山伏姿でも義経は高貴だった』と。だから俺、思ったんです。もしかして先輩はあの日の人形芝居を観ていなかったのではないかと」

東堂の目が細められた。

「だとしたらどこにいたのか？……小屋の中なのではないか。蒼太郎の振りをして」

「だけど、檜垣君が小屋に入るところはみんな見ているよ。鍵もかけた」

「だから入れ替わったんですよ。校章が紛失した騒ぎの時」

「鍵は？　多野さんが一日持っていたはずだよ」

「多野さんが持ち歩いていたのはニセモノだ。これもすり替えたんだ。あなたと……おそらく協力した黒ノ井先輩が」

ふっと息をついた。頭の中で何度も道筋立てた仮説を、再度展開させる。

「俺が一から組み立てた仮説を話します。全部、俺の想像ですけど」

「どうぞ。拝聴する」

「まず、蒼太郎とのケンカもわざとだ。芝居。今日、多野君と先輩にしてもらったみたいに。すべては蒼太郎を小屋に閉じ込めるため」

まったく動じる様子も見せず、東堂がゆっくりと椅子に腰かけた。

「何より、ここがキモだ。あなたが激怒して見せたのは、多野さんを含めたみんなが、必要以上に小屋に近付かないよう仕向けるためだった。そうすればことが運びやすい。だから見えない壁をみんなの無意識に張り巡らせた。恐怖で」

「魔除けの札どころか、僕が魔物そのものみたいだね」

「そうしておいて、蒼太郎を小屋に入れ、まず黒ノ井先輩が多野さんから鍵束を借りた。俺が思うに、この時先輩が鍵束の二重リングにニセモノの鍵をぶら下げたんじゃないですかね。鍵はたくさんある。同じ赤いこよりが二つあっても、まず気付かないでしょう。どの鍵にどの色のこよりが巻いてあるのか、これは事前にいくらでも調べられる」

「うん。それはそうだね」

「そして本物の鍵で南京錠を開け、次に千手先生に鍵をかけさせた。これは疑いを分散させるため。そして多野さんに返す時に、黒ノ井先輩が本物の鍵を外しておいた」

「気付かれない？」

「みんな興奮してますからね。それに、まさかその場で鍵のすり替えをされるなんて考えます？　まあ、黒ノ井先輩は奇術好きなだけあって、器用だからうまくいったんでしょうけど。こうして彼からあなたの手に、本物の鍵が渡る」

東堂が肩をすくめた。それで？　というように、手振りで先を促す。

「で、講堂に人が集まってから、校章がないと騒ぐ。これは誰かが気付いて言うよう、先輩が誘導したんですかね。もしくは、黒ノ井先輩あたりがまず声を上げたのかも」

「つまり、校章を隠したのも僕らということだね」

「紛失騒ぎが起こった時、多野さんを呼びに来た生徒も黒ノ井先輩に命じられたんでしょう。蒼太郎と入れ替わる間だけは、多野さんの目をそらさないとならないですからね」

生徒や教職員らが騒ぐ講堂を抜け出し、多野さんの目を盗み、誰も寄りつかない懲罰小屋に駆け付ける。鍵を開け、中にいた蒼太郎と入れ替わる——

「慧と昊が見ていたんですよ。校章騒ぎのあと、『安達座』の荷台に、蒼太郎そっくりの〝かしら〟があったって。で、俺は考えたんです」

「……」

「もしかしてこの〝かしら〟こそが蒼太郎本人だったんじゃないか」

東堂の唇の両端が、これ以上ないくらいに吊り上がった。こんな状況だというのに、彼が楽しんでいるのが分かる。

「慧と昊は物音を聞いている。これは、小屋から出てきた蒼太郎が騒ぎが落ち着くのを待って、荷台に乗り込んだ時の音だ。隠れようとしたまさにその時、外にいた二人が物音に気付いて来てしまったんでしょう。だから蒼太郎は毛布を中途半端にしか引き上げられなかった。慧と昊は顔半分しか見えていない蒼太郎を〝かしら〟だと思い込んだ。まさか毛布の下にもちゃんと身体があるとは思わなかった」

「なるほど。だとしたら、どうやって小屋の中にいるのが僕ではなく檜垣君だとごまかす？　もうすぐ日が暮れて、いくら人が寄りつかないとしても、いずれバレるのでは？」

「こっちが〝かしら〟ですよ。顔にかぶっていたんだ。巷で噂の、本物の人間と見まごう〝かしら〟を」

きらきらと目を輝かせ、東堂が永人を見た。永人の言葉によって追体験をしているかのようだ。

「黒ノ井先輩の父親が贔屓にしている職人に作らせ、事前に届けさせていたんでしょう。有力な庇護者である黒ノ井家の令息の頼みだ。口止め料込みの礼金もはずんでもらったでしょうし、そりゃあ腕に縒《より》をかけて作ったはず。とはいえ、きっとかしらというより、面かな。蒼太郎と瓜二つの面に付いている紐を、能のように頭の後ろで縛り、固定させる」

「……」

「これで入れ替わりは完了。あとは芝居が終わり、『安達座』の座員たちに荷物や回収されたごみのごとく、蒼太郎を荷車に乗せて運び出してもらえばいい。もちろん、今年の鑑賞会に彼らを呼んだのはこれが目的だった。礼金もたんまりはずんだのでしょう。で、残ったあなたは、多野さんが校内の見回りに出たすきを見計らい、小屋の鍵を中から開けて外に出て、また鍵をかけて寄宿舎に戻った」

くくっと東堂が笑った。永人は続ける。

「蒼太郎消失の知らせを受けて駆け付けた時、多野さんから鍵束を受け取った黒ノ井先輩が、やけに乱暴に扱ってたと千手先生が言っていたんですよ。この時、黒ノ井先輩は東堂先輩から受け取った本物の鍵を戻さなきゃならなかった。けど、別に乱暴にする必要はありませんよね。彼の手先の器用さは、先に鍵をすり替えた時のことを考えれば分かる」

「君はどう考えたの？」

「ぶら下がってるニセモノの鍵を壊そうとしたんじゃないかなって」

今度こそ、東堂が声に出して笑った。しんと静まり返った寄宿舎の中で、彼の笑い声だけが響いている気がする。

「そこも気付いたの？　君は本当にすごいな！」

「たまたま日誌を見て思い付いただけです。事件の前日、先輩は美術室に行きましたよね。俺、さっきその日のことを千手先生に訊いてみたんです」

「うん。それで？」

「前日の十一日、放課後に突然あなたがやって来た。そしてやすりや絵の具を貸してほしいと言った。だから先生は、どれでも好きに使って構わないと答えたと言ってました」

「そうだった。覚えてるよ」

「美術室で作ったんじゃないですか？　ニセモノの鍵。……餅で」

ぱあっと東堂の目が見開かれる。上気した顔は、さながら愛の告白を受けたかのようだ。

「一日リングにぶら下がっていた餅の鍵は乾いていたでしょうね。手の中で握り潰し、力を入れて引っ張ればリングから抜けたでしょう。これで証拠は隠滅できた。でも……」

「でも？　なんだい」

「最初からニセモノの鍵を用意すればいいだけじゃないですか。なんで餅？」

それがねえ、と東堂が渋い顔になった。自分が蒼太郎の失踪に手を貸したことを隠す気は、もはやないようだ。

「影人にニセモノを用意してもらっていたのだが。失くしたんだよ、あいつ」

「鍵を？」

「そう。机の中に入れておいたって言い張るんだが、ないものは仕方がない。しかも気付いたのが前日の昼だったんだ。代わりの同じ形の鍵を急に用意するなんてできない」

「だから餅で作ろうと？」

「苦肉の策だ。母が新年会の餅を大量に持たせてくれてね……カビが生えるから早めにみんなで食べろと言って。なぜ母親というものは、ああやって面倒なことを次々思い付くのだろうね。まあ、おかげで今回は助かったわけだが」

緊迫した状況にはそぐわない、なんとも呑気《のんき》な声音だ。

「まいったよ、なかなかうまくいかなくて。餅を何個も無駄にしてしまった。結局、リングに通せる程度の強度を保つのが精一杯で、なんとなく似た形のものしかできなかった。

数さえごまかせればいいとはいえ不本意だったな。僕には芸術的素養はないらしい」

人は習慣化した動作をする時、ほとんど無意識だ。鍵の数と赤い色が合致していた。だから多野柳一は餅の鍵に一日気付かなかった。

「そこに多野君が通りかかったということですか？」

「もともと、多野さんには差し上げるつもりだったんだ。ちょうどあの子が音楽室に掃除に来ていたものだから。つい。でもまさかそこから気付かれるとは」

人一人の失踪計画を立てていたわりに、緊張感が薄い。

「さて」

けれど、その印象は次の瞬間にがらりと変わった。自分を見る相手の瞳の底知れない暗がりに、永人は一瞬たじろいだ。

「で？　どうする。僕を告発する？」

「……なぜ、こんなことを」

知らず、声が掠れる。おい、しっかりしろ。永人は自分を叱咤《しった》した。

ふ、と東堂が笑う。

「彼は、逃げたがっていた」

「……」

「ずっと……自分を縛るすべてのしがらみから」

「だから、協力した？」

「〝懲罰小屋〟の呪いを利用するよう提案したのは僕だ。原因不明の失踪事件にしてしまえばいいとね」

「どこへ行ったんだ。蒼太郎は。あんたは知ってるのか」

それには答えず、東堂は本棚に並べられた本の間から、一枚の紙片を抜き出した。

「見たまえよ」

彼の手から受け取ったそれは、無政府主義者・辛島馨の愛人でもあり、女優でもあった阿田川雪子《あだがわゆきこ》に関する新聞記事だった。乃絵が言っていた話に違いない。

自由恋愛を掲げた二人は公然と関係を表明していた。雪子は女優という職業もあってか、稀代のアナキスト辛島を手玉に取る悪女という人物像になっていた。

ところが、なんとその雪子が男と駆け落ちしてしまったのである。女の裏切りに悄然とした姿を新聞にさらした辛島は、それなりに世間の同情を買った。相手の男のことは一切報じられておらず、二人はいまだに行方が知れないという。

「……まさか」

永人は愕然とした。

「まさか、阿田川雪子と逃げた男って」

「無政府主義者、デモクラシー、民権運動……これらを、山県元老がどれほど目の敵にしておられるか。君だって知っているだろう」

山県有朋。政党政治を厭い、民衆運動をことごとく拒否する軍閥政治の巨頭。その側近でもある檜垣一郎太の長子が、もしも無政府主義者の愛人と駆け落ちしたなどと知られたら？　しかも女は二十代半ば、蒼太郎は数えで十七歳（満年齢十六歳）、男というより少年だ。恥に恥を塗り重ねたこの醜聞を、謹厳な山県は決して許すまい。山県閥からの放逐のみならず、檜垣家は爵位すらも剝奪されかねない。

「何があろうと、檜垣伯爵は事の真相を知られてはならない。だから蒼太郎は永遠に原因不明の失踪者扱いなんだよ」

目を見開いた。新聞記事が指からひらりと舞い落ちる。

「知ってる……？　檜垣一郎太は息子の失踪の真相を知っているのか」

「蒼太郎の失踪の発端が雪子との恋愛であることは僕がお知らせしたよ。けれど、二人の行先は檜垣伯爵も僕も知らない。すぐ近所に潜んでいるかもしれないし、とっくに大陸にでも渡っているかもしれない」

嘆き悲しむ檜垣八重子の姿が脳裏に浮かぶ。いけすかないオバサンだった。しかし、息子を失って悲嘆に暮れている姿は紛れもなく本物だった。

「自分の妻にも話していないのか？　知っていて黙っているのか！」

「母親には知らせないほうが賢明だと僕も思うよ。特に、息子のことに関しては」

「あんたも……あんたもこのまま黙っているつもりか！」

「当然だ。でなけりゃ、あんな苦労してまで蒼太郎を逃がしたりしない」

そう言った東堂が目を細めた。その冷たさに、永人の背筋がぞくりと震える。

「言ったろう？　手駒は多いに越したことがないと」

「……」

「蒼太郎は自ら姿を消した。檜垣家を捨てたんだ。懲罰小屋から、奇術じみた方法を使って。それを知っているのは、僕と伯爵と影人と……そして君だけだ」

まさか。永人は戦慄した。

蒼太郎の道ならぬ恋を知って、檜垣一郎太すら駒にしようと画策したのか。確かに、醜聞に怯える一郎太は、東堂広哉に最大の弱みを握られることになった。他ならぬ東堂自身が首謀者とは知らぬまま！

なんて奴だ。本当に学生か？　それとも千手學園が産み出した化け物か？

「あの子。多野君」

ぎくりとした。上げそうになった声をかろうじて呑み込む。

「夜の音楽室にいたのは、あの子だろう？」

「……」

「なぜあの子がこの学園の制服を持っているのか。不思議には思わなかった？」

それはもちろん思った。が、永人には答えられない。

「気付かなかった？　あの子がかぶっていた学帽の帽章。僕たちが今かぶっているものと、大きさが違うんだよ」

あ。永人は目を見開いた。

それだ！　最初に乃絵を見た時、そして慧と校章について話した時に覚えた違和感。

自分たちがかぶっている学帽の帽章より大きいんだ！

「あの夜、帽章に月光が反射しただろう？　やけに光の面積が大きいと思ってね。そこで思い出したんだ。あれは開校から十数年ほど前まで使われていた帽章の大きさだって」

あんな一瞬で、そこまで見ていたというのか。永人は呆れた。

「だとしたら、あの子の身近な人……たとえば多野柳一さんがもともとこの学園の生徒だったのかもしれないね。経歴書には書かれていなかったようだが」

多野さんが？

驚きに声も出ない永人を見て、東堂がうっすら笑った。

「経歴に偽りの疑いがあるものは雇えない。その理屈は分かるよね」

「……」

「しかも、あの子は男の子じゃない」

息を呑んだ。乃絵の正体がばれてる？

なぜだ。なぜ分かった！

ところが、東堂はさもおかしげに笑い出した。

「あーあ。そんな顔して。君が秘密をばらしてしまったようなものだね」

「な！　ま、まさか……カマかけやがったな！」

「まるっきりの当て推量でもないよ。確かに華奢だし、影人はあの子が『青鞜』に興味があるようだと言っていた。男の子にしては珍しい。何より」

「……」

「あの子を傷付けようとした阿部君に対する、君と来碕昊君の態度を見たらね」

こめかみのあたりから、熱さが一気に爆発する。うまくろれつが回らない。

「て、て、てめえ……」

「今夜、ここで僕たちは世間話をしただけ。そうだね？」

「……」

「僕は多野家の皆さんを気に入っている。ぜひ、今後とも学園のために働いてもらいたい。それに」

きゅっと東堂が目を細めた。ほのかな情感が目の縁に揺らぐ。

「僕は君にもこの学園にいてほしいんだ。少年探偵君」

「……」

「僕を恨む？」

「恨む？」

「もしも蒼太郎が戻ってきたとしても、檜垣伯爵は二度と表舞台には出さないだろう。その覚悟があるから、君という男子を引き取ったのだ」

「……」

「僕は君の人生を変えてしまったのかな？」

東堂を見返した。

夜の静けさが、睨み合う二人の足元にひたひたと寄せる。

「うぬぼれんな」

「──」

「俺の生き方を決めるのは俺だ。てめえごときに俺の人生が変えられるかよ」

東堂が真っ直ぐ永人を見つめ返した。初めて、本当に彼と目を合わせた気がした。

ふっと彼が笑う。やけに軽やかな、明るい声で言った。

「ではまた明日。ごきげんよう、檜垣永人君」


翌日、金曜日の放課後。

音楽室にはいつもの面々がそろった。

檜垣永人。来碕慧。来碕昊。多野乃絵。

東堂広哉。黒ノ井影人。

加えて、さらに新顔の生徒たちが増えている。その中の一人を見て永人は驚いた。

嘉藤友之丞がいる。ピンと伸びた背筋と感情を窺わせない顔つきは、やはり人形みたいだった。

音楽室に続々とやってくる生徒を見て、感激した中原は今にも泣き出しそうだ。

「嬉しい……！　みんながこんなに音楽に興味をもってくれて！」

さらには、雨彦も音楽室の盛況に顔を覗かせた。

「あれぇ。課外授業っていいのかもしれないねえ」

「先生！　美術部ができたら入部します！」

昊が目を輝かせて振り返った。今現在、学園に美術部はないのだ。

あー、と雨彦が頬をかいた。また緑色の絵の具が付いている。

「考えておくよ」

素っ気ない声音ながらも、頬に引かれた緑色は弧を描いていた。

ところが、一時間ほどの特別授業が終わっても、黒ノ井だけは浮かない顔だった。

「どうしました？」

永人の質問に、ああ、と頭を抱える。代わりに東堂が答えた。

「ほら。ハンケチが捨てられちゃっただろう？　明後日の日曜に庭場嬢と会うのだが、どう言い訳しようか考えているのさ」

「第一、俺は見合いとは知らなかったし、結婚なんてまだ考えられるか！」

「じゃあ、むしろハンケチがないほうがいいんじゃないですかぁ？　だって交換したら、二人は結ばれちゃうんですよ。おまじない的には」

慧が可愛い顔をしてえげつないことを言う。黒ノ井がはっと振り返った。

「ホントだ……！　と、いうことは、ないほうがいいのか」

「そうですよ、阿部先輩に感謝しないと」

顔に怪我を負った阿部は、しばらく自宅で療養するという。一晩経って、さすがにやりすぎたかと永人は後悔していた。

から、と扉の開く音がした。嘉藤が音楽室から出て行く。とうとう、授業中一言も話さないままだった。思わず永人も立ち上がり、彼の後を追っていた。「永人君？」慧の声が背中で上がる。

なぜだか分からないが気になる。嘉藤友之丞。

音楽室を出ると、彼が廊下の隅に据え付けられているごみ箱に何かを放ったところだった。かちん、と小さい音がごみ箱の木の板を打つ。何気なく中を見た永人は目を瞠った。

淡い桜色のハンケチだ。刺繍が端に入っているのが分かる。名前だ。

『ミ　キ　コ』

黒ノ井の部屋から盗られたハンケチ？　阿部が盗ったのではなかったのか？

「……」

中身が回収されたばかりのごみ箱には、ハンケチと、そしてもう一つ小さいものが転っていた。

……鍵？

顔を上げ、ぎくりとした。嘉藤が廊下の中ほどで立ち止まり、永人を見ている。

「……そういえば」

阿部に盗難目録を見せて黒ノ井の名を出した時、彼は本当に驚いていなかったか？

めまぐるしく思考を巡らす。

庭場嬢は正月早々にハンケチを送ってきていた。黒ノ井が用意したはずの鍵が紛失していた――

もしかして。

もしかして黒ノ井のものだけは、本当に嘉藤が盗んだのでは。嘉藤は去年から郵便係をしている。彼であれば、黒ノ井に誰から何が送られたのか分かる。

あのハンケチが大切な人から送られたものだと思ったのではないか？　だから一度は届

けてから、隙を見て部屋に侵入した。そして盗む時、目に付いた鍵も一緒に盗ったとしたら？

動機は？

父を侮辱された復讐——

とたん、嘉藤がにっと笑った。意外にも赤い唇だけが、耳まで裂けそうに見える。壊れた人形みたいだった。そのまま背を向けると、歩き去ってしまう。

「……」

足音を立てない彼の気配が絶えてやっと、息がつけた。背中にいやな汗をかいている。

「……ははっ」

笑えてきた。

千手學園。

まったく、化け物みたいな生徒がうじゃうじゃいやがる！

「なに一人で笑ってるの」

背後から声をかけられた。「うわっ」と飛び上がる。

乃絵だった。驚いた永人を見て、彼女も目を丸くする。

「どうしたの？」

「いや……なんでもねえ。ああ、でも、面白ぇって思って」

「面白い？」

「俺、浅草の見世や小屋に集う人間ほどけったいな連中はいねえってずっと思ってたんだけどよ……そうでもねえや」

　きょとんとした乃絵に向かい、にっと笑って見せた。

「嫌いじゃねえかも。千手學園」

　ぱっと乃絵が目を見開いた。そう、と頷き、嬉しそうに顔をほころばせる。

「よかった」

「永人君、永人君！」

　音楽室から慧が飛び出してきた。後に続く弟の昊の腕をしっかり握っている。その昊の目が、永人の足元に注がれた。

「そうだ。檜垣、今日は朝からそれを履いてるだろ」

　三人が永人の足を見る。永人は、にかっと笑った。

「やっぱり、俺はこれがいい。今から学園長室に乗り込んで直談判するつもりだぜ。こいつを履かせろってな」

　そう言って履いている下駄を踏み鳴らした。かん、と高い音が廊下に響き渡る。

慧が顔を輝かせた。

「僕も一緒に学園長室に行くよ。だって永人君にぴったりだもん！」

「そうだね。僕も悪くないと思うよ」

「うん。似合ってる」

四人で顔を見合わせた。自然と笑みがこぼれる。

「で？　なんだよ慧。俺を呼んだだろ」

「ああそうだ。あのね、あのね、この噂はもう聞いた？　〝図書室の呪い〟！」

また呪い。永人はちらりと乃絵を見た。

この学園には、たくさんの〝呪い〟が眠っている。

学園の廊下に、高らかな声が反響した。

「少年探偵團の出番だよ！」

参考文献

『ビジュアル大正クロニクル　懐かしくて、どこか新しい100年前の日本へ』近現代史編纂会・著　世界文化社
『大正時代―現代を読みとく大正の事件簿』永沢道雄・著　光人社
『見世物はおもしろい（別冊太陽―日本のこころ）』川添裕・木下直之・橋爪紳也・著　平凡社
『華族　近代日本を彩った名家の実像』歴史読本編集部・編　新人物文庫
『警察の社会史』大日方純夫・著　岩波新書
『プレモダン建築巡礼』磯達雄・文、宮沢洋・イラスト、日経アーキテクチュア・編　日経BP社
『東京今昔歩く地図帖』井口悦男・生田誠・著　学研ビジュアル新書

光文社文庫

文庫書下ろし

千《せん》手《じゅ》學《がく》園《えん》少《しよう》年《ねん》探《たん》偵《てい》團《だん》

著者　金《かね》子《こ》ユミ

2019年11月20日　初版1刷発行

発行者　鈴木広和
印刷　堀内印刷
製本　ナショナル製本

発行所　株式会社　光文社
〒112-8011　東京都文京区音羽1-16-6
電話（03）5395-8149　編集部
8116　書籍販売部
8125　業務部

ISBN978-4-334-77941-2　Printed in Japan

組版　萩原印刷

光文社キャラクター文庫　好評既刊

社内保育士はじめました	貴水《たかみ》 玲《れい》
社内保育士はじめました2 つなぎの「を」	貴水 玲
社内保育士はじめました3 だいすきの気持ち	貴水 玲
バネジョのお嬢様が焼くパンケーキは謎の香り	文月向日葵《ふみつきひまわり》
バネジョのお嬢様が焼くパンケーキは謎の香り2	文月向日葵
荒川乱歩の初恋 高校生探偵	阿野《あの》 冠《かん》
江戸川西口あやかしクリニック	藤山素心《もとみ》

光文社キャラクター文庫　好評既刊

同期のサクラ　ひよっこ隊員の訓練日誌　夏来《なつき》 頼《らい》

僕らの空　西奏楽《にしぞら》 悠《ゆう》

博多食堂まかないお宿　かくりよ迷子の案内人　篠宮あすか

霊視《みえ》るお土産屋さん　千の団子と少女の想い　平田ノブハル

碧空《あおぞら》のカノン　航空自衛隊航空中央音楽隊ノート　福田和代

群青のカノン　航空自衛隊航空中央音楽隊ノート2　福田和代

薫風のカノン　航空自衛隊航空中央音楽隊ノート3　福田和代

保健室のヨーゴとコーチ　県立サカ高生徒指導ファイル　迎《むかえ》ラミン